極甘一途なかりそめ婚

～私にだけ塩対応の天才外科医が熱愛旦那様になりました～

m a r m a l a d e b u n k o

望月沙菜

マーマレード文庫

目次

極甘一途なかりそめ婚
~私にだけ塩対応の天才外科医が熱愛旦那様になりました~

極甘一途なかりそめ婚

～私にだけ塩対応の天才外科医が熱愛旦那様になりました～

1　苦手なあの人

「抜糸の跡も綺麗《きれい》ですし、予定どおり退院できますよ」

彼はそう言って笑顔を向けた。

話している相手は、二週間前に甲状腺腫瘍《こうじょうせんしゅよう》の手術を受けた岡島《おかじま》さん。

「よかったけど……ちょっと複雑だわ」

岡島さんは、複雑な表情で、口を尖らせながらパジャマの第一ボタンを留めた。

「どうして？」

彼がそう尋ねると、

「だって、先生と会えなくなるじゃない」

症状とは関係ない返事が返ってきた。

「今度は外来でお待ちしてますから」

彼は如才なく最大級の笑顔を向けると、隣のベッドへと移動した。

岡島さんは六十代前半の女性で、旦那様はもちろんお孫さんまでいる方だ。

だけど先生と会えなくなることがよっぽど寂しいのか、病室を出る先生の後ろ姿を目で追いながら、小さなため息をついていた。

もちろん患者さんの大半は、退院と聞くとすごく喜ぶのだが、岡島さんのような一部の患者さんはまだ入院をしていたがったりする。

その原因を作っているのが、宇喜田廉斗《うきたれんと》、三十三歳の外科医だ。

そしてこの宇喜田病院の院長は彼の父親にあたる。

病床《びょうしょう》数六百床、診療科は全三十三科。

この地域では大きな病院で、院長の息子である彼は病院の跡取りということになる。

そんな彼は、七年前に渡米し、アメリカの病院でゴッドハンドと呼ばれる外科医のもとで多くを学び二年ほど前に帰国。

外科医としての腕はもちろんのこと、それ以外にも高身長と甘いルックス、それに人柄のよさが評判を呼び、都外からの患者も多い。

偉ぶったりせず、いつも患者さん目線の診療を心がけている姿は、私たち看護師も見習う点が多い。

だけど着任当初はそうでもなかった。院長先生の息子ということでみんなが腫れ物にでも触るように接していたので、少しの間はギクシャクした感じだった。

でも今は、そんな過去など吹き飛ばすほど素晴らしい先生だ。

不安を抱える患者さんに対し、わかりやすく、治療に対し前向きになるような言葉をかけてくれる。だから一人にかける診察時間が長い。

そうなると待ち時間も長くなるのだけれど、それでも宇喜田先生に診てもらいたいという患者さんが多いのだ。

最近はそんな彼の姿勢に賛同する医師も増え、病院そのものの評判もすこぶるよく、病床数を増やすという噂《うわさ》もあるとかないとか……。

しかも彼の人気は患者さんだけに留まらず、私たち看護師を始めとするスタッフからも絶大な信頼を集めている。

といっても、必ずしも職業上の尊敬だけを寄せる人ばかりとは限らず……。

「宇喜田先生カッコよすぎ」

「世の中にあんな人がいるなんて奇跡よね。顔よし、スタイルよし」

「っていうか、院長と廉斗先生の親子って最強すぎない？」

こんな会話をナースステーションで何度聞いたことか。

「あれで、女性の影が見えないのも不思議だよね」

「いやいや、私たちが知らないだけかもよ。すごいお金持ちの御令嬢《ごれいじょう》の彼女がいたりして」

「え〜。そんなの知りたくない」

似たような会話は病室でもたびたび聞く。

それほど彼の人気は凄《すさ》まじい。そのためなのかどうかはわからないが、先生がこの病院に来てから離職率は低くなった。

先生は実年齢よりも若く見え、笑顔もドキッとするほど素敵で、誰にでも優しく話しかけてくれる。

そんな愛されキャラの宇喜田先生だけど拒否する者もいる。

それは外科病棟で看護師をしている田辺唯《たなべゆい》、つまりこの私だ。

先月誕生日を迎え二十七歳になったばかり。

周りは宇喜田先生推《お》しだが、私はみんなのように彼のことが好きではない。

というよりも、先生が私のことをよく思っていないのだ。たぶん出来の悪い看護師だと思っているのだろう。挨拶《あいさつ》をしても返ってくる声のトーンは明らかに低く、笑顔を見せるどころか、視線も合わせてくれない。

「ガーゼ」

仕事中もなぜか私にだけ厳しいというか、無愛想《ぶあいそう》というか……嫌われてる？

「は、はい」

「遅い」

「すみません」

特に私の動きが鈍いわけではないと思う。他の看護師と同じような動きをしていると思うし、実際、他の医師から注意を受けたことはない。

ところがどういうわけか宇喜田先生からは頻繁《ひんぱん》に注意をされる。話すトーンも低く、私に対しての優しさはゼロだった。

だけどそんな先生も、以前は私に他の看護師同様普通に接してくれていたのだ。

先生の気に障《さわ》るようなことをしたのかと、何度も自問した。だけど今まで大きなミスをした記憶はない。そもそも人の命を預かる仕事だからミスは許されない。

だから確認は怠らず、でもテキパキと仕事をこなしているつもりなのだが、先生は私にだけやたらと厳しい。

被害妄想かもしれないと思ったこともある。

だけど、そうじゃないことを同僚の看護師たちが教えてくれた。

「なんで田辺さんにだけあんなに厳しいんだろう」

「うんうん、私も思った。急ぎじゃない用件でも田辺さんにはすぐやってくれって言ったりして」

「私たちに同じことを頼んでもあんな言い方絶対しないよ」

「そもそも田辺さんの顔を見ようともしないし」

やっぱりこれって完全に嫌われてるってことだよね。

まあ、周りは私に落ち度はないと言ってくれているからあまり気にしないようにしているけど、なぜ私だけなのか……。

でも、宇喜田先生がこの病院に赴任した頃はこうではなかった。

当時は院長の息子という情報以外何も知られていなかったため、腕は大したことないんじゃないかとか、どうせ親の七光りなどネガティヴな印象だけが先走っていて、そのため医師や看護師はかなり警戒していた。

実際、着任当初はギクシャクした雰囲気だったが、そんな空気は次第になくなり、いい意味で裏切られた。

先生の無駄のない完璧な仕事ぶり、偉ぶった感じもなく、病院中の人々が、宇喜田病院に新しい風が吹いてきたと感心していた。

私も宇喜田先生の仕事ぶりを間近で見られて嬉《うれ》しかったし、尊敬と憧《あこが》れを感じていた。

だけど私のそんな思いは先生が赴任して一年で消えてしまった。

もちろん先生の持つ技術は本当に素晴らしいけれど……。

私に対する態度と他の看護師に対するものとでは雲泥《うんでい》の差ができてしまっていたのだ。宇喜田先生の態度が気になるだけで、それ以外の不満は全くないのに。

本当にどうしてこんなことになってしまったのだろう。

次第に私は彼と向き合うと表情が固まるようになった。


ナースステーションで、備品の補充をしていると、点滴が終わったとの連絡を受け、私は野村《のむら》さんの病室に入った。

「点滴外しますね〜」

「ありがとうね」

野村さんは八十三歳のおばあさん。とても気さくで見た目も若く、おしゃべりが大好きな方だ。大腸がんで一週間前に手術をした。

その野村さんの主治医は宇喜田先生だ。

「田辺ちゃん」

「はい」

「私ね、さっき告っちゃった」

野村さんは八十代とは思えぬほど、話し方も若い。

「え？　誰に告白したんですか？」

「そんなの決まってるじゃない。宇喜田先生よ」

「えっ……」

思わず口ごもってしまった。

そんな私のリアクションも、野村さんには想定内だったようだ。

野村さんは、私が宇喜田先生を苦手としているとすぐに見抜いた人でもある。

そればかりか野村さんは、宇喜田先生は不器用なだけと私を諭《さと》す。

でもどう見たって不器用とは言いがたい。

みんなに同じ態度ならまだしも、私にだけ厳しいのと不器用はイコールじゃない。

「それで先生はなんて？」

「それは秘密よ」

野村さんはそう言って満足そうに微笑《ほほえ》んだ。

その表情がとても可愛らしく、羨ましく思う。

「あのね、田辺ちゃん」

「はい」

「五年前におじいさんも亡くなって病気にもなって寂しいと思っていたけど、この歳《とし》で若い頃のようなドキドキやワクワクをまた味わえるって幸せよ」

処置を終え、片付けをしている私に、そう語った野村さんの笑顔はとても素敵に見えた。

「きっとドキドキやワクワクが野村さんの若さの秘訣《ひけつ》になってるんですね」

「田辺ちゃんは？」

「え？」

「ドキドキワクワクしてる？」

野村さんは覗《のぞ》き込むような目で私を見た。

「う～ん、今はないかな」

適当にかわしてもよかったんだけど、野村さんには見抜かれてしまうから嘘《うそ》はつけない。

野村さんもきっとわかった上で聞いたのだと思う。

「あら～勿体無《もったいな》い。仕事も大切だけど、ドキドキやワクワクも必要よ。恋をしなさい」

「恋ですか……」

「そう。でも案外近くにそういう人がいたりして」

「ええ？　いないですよ」

そう答え、私は野村さんの病室を後にした。

休憩《きゅうけい》に入り、お手洗いに入った私はふと、野村さんとの会話を思い出した。

確かに彼女の言っていることは間違ってない。

ドキドキワクワクか……。

鏡に映る自分の顔を見て、大きなため息をつく。

同級生の中には結婚して子供がいる人もいる。私は結婚どころか、野村さんの言うようなドキドキやワクワクするようなこともない。

漠然《ばくぜん》と、このまま独身を貫くんじゃないかと思ってる。

自分が結婚をして幸せな生活をしている姿すら想像できない。

もちろん、好きな人がいたことだってあるし、過去に告白されたこともある。

その中には付き合いたいと思った男性もいた。

だけど、現実問題として、恋愛をするほどの余裕がこの歳になってもないのだ。

借金があるから。

私は貿易会社を営む父と母の間に生まれた。

そんな私には妹がいる。名前は凛《りん》。妹といっても私と凛は双子だ。

一卵性双生児の私たちは、両親に可愛がられ、なんの不自由もなく育った。

大型連休になると海外旅行も連れてってもらったし、お稽古事《けいこごと》もピアノにバレエ、水泳などたくさんやっていた。

家は大きな庭のある洋風の建物。小中高とお嬢様学校で有名な学校に通っていた。

将来のことはあまり考えたこともなく、この先はそのまま系列の短大に入って、その後は就職して、寿退社するんだろうと思っていたし、この時は看護師になりたいとは思っていなかった。

学校帰りに友達とおしゃれなカフェに行ったり人気のスイーツを食べたりすることが何よりの楽しみだった。

ところがそんな私たちを待ち受けていたのは、予想とは全くかけ離れた人生だった。

高校二年の夏休みに両親から、今住んでいる家を出なければならないと言われたのだ。私も凛も寝耳に水で状況が全く把握できなかった。

「え？　なんで引っ越しするの？」

理由もなしにいきなり引っ越ししますって言われて、私は戸惑《とまど》うばかりだった。

凛は、

「もしかして今よりも大きな家に引っ越しするとか？」

とポジティブ思考。

すると父は突然テーブルに頭を擦り付ける勢いで、

「すまない」

声を震わせ私たちに謝った。こんな父の姿を見るのは初めてだし、何がどうなっているのか説明がないまま謝られて困惑するばかり。

すると今度は母が、ごめんなさいと言いながら肩を震わせ泣き出す始末。

「一体何があったの？　ちゃんと話してくれないとわかんないよ」

凛が身を乗り出すように父に尋ねるが、謝るばかりで肝心な理由はなかなか話してくれず、一旦《いったん》両親が落ち着くまで待つことになった。

父はお人好《ひとよ》しというか、優しいというか、純粋で人を疑うことを知らないような人だ。母も温和な性格で、世間知らずのお嬢様という感じだ。

二人がそんな性格だからかはわからないが友達も多く、小さい時は、みんなを呼んでホームパーティーを開いたり、数家族でキャンプをしたこともあった。

とにかく家はいつも賑《にぎ》やかで、常に両親の友達が家に来ていた。

その中の一人に父の幼馴染《おさななじみ》がいた。

私たちはゆずおじさんと呼んでいたが、彼の本名は知らない。

ただ、私たちが小学校に上がる頃に、ゆずおじさんが結婚して家族全員で式に参列したことは覚えている。

ゆずおじさんの奥さんはとても綺麗な人で、初めて生で見るウェディングドレス姿にドキドキして、いつか私もあんなドレスを着て結婚式を挙げたいと思ったほどだ。

そんなゆずおじさんが、今から四年前に父に借金の保証人になってほしいとお願いしたのだそうだ。幼馴染であり、親友のゆずおじさんの頼みに父も母も躊躇《ちゅうちょ》することなく、保証人になった。

ゆずおじさんは最初の一年ぐらいはちゃんと借金を返済していたそうだが、支払いは徐々に遅れるようになった。

挙げ句の果てに父に、

「すまない。絶対に返すから」

という言葉を残して夜逃げしてしまったというのだ。

最初はその意味がわからなかったが、父がゆずおじさんの会社に行くと、シャッターが下りた状態で、自宅はもぬけのからだった。

それから一週間ほど経った頃、うちに封書が届いた。

それはゆずおじさんの作った借金の支払い通知だった。

しかも借金の額は、父が聞いていた金額とは明らかに違っていた。

どうやら父の名前を勝手に使って数社からお金を借りていたようで、その中にはいわゆる闇金と呼ばれるようなところもあったらしい。

結局ゆずおじさんの作った借金を父が背負う形になった。

支払わなければ、督促状《とくそくじょう》はもちろん、タチの悪い人が取り立てに来るかもしれない。

それだけは避《さ》けたいと考えた両親は、利息の高いところから返済を始めて数社は完済したが、借金はそれだけではなかった。

負の連鎖は続く。

銀行からの融資は断られ、仕事もうまくいかなくなり、事業を縮小せざるを得なくなった。結果としてこの家を売ることになった。

「本当にすまない。だけどあいつのことは悪く思わないでくれ。きっと理由があるはずだ」

こんな状況でも父は優しかった。

でも最初にその話を聞いた時は目の前が真っ暗になった。

これからどうなっちゃうの？

だけど私たちに何が言えるだろう。

両親が困っていることに全く気がつかず、のほほんと生きてきた。

「お父さんは悪くないんだから謝らなくていいよ」

そう言ったのは凛だった。

「そうそう。なんとかなるって」

本当は、すごく不安だった。

これから私たちはどうなってしまうの？

どんな生活が待っているの？

だけど、凛の言うことは間違っていないし、今は前を向くしかないと思った。

今までのような生活はできなくなったけど、次に住む家は父の友人たちが探してくれて、すぐに引っ越すことができた。

これもきっと父の人柄のよさのおかげだ。

新しい住まいは築年数の古い、三階建てのアパートだった。

部屋の広さも随分《ずいぶん》こぢんまりしていたが、贅沢《ぜいたく》はいえない。

これからは家族で協力して暮らそうと誓った。

転校も考えたが、その時高校二年の二学期が始まる頃で、両親はこれ以上私たちに迷惑はかけたくないという思いで、お嬢様学校に通わせ続けてくれた。

今思うと、経済的にもきつかったと思う。

だけど両親は、

「お父さんとお母さんができることはやってあげたいんだ」

と言ってくれた。

そんな両親の気持ちに応えるために、私と凛は話し合って、自分たちも借金返済を手伝うことにした。両親も最初は、そんなことをする必要はないと言ってくれたが、そんな悠長なことは言っていられないと説得した。

そして今までのほほんと生活していた私も、真剣に進路をどうするか考えた。

その結果看護師になることを決意した。

ある日、母が体調を崩したため、付き添いで宇喜田病院に行った。その際、奨学金を出して看護師を募集しているのを知ったのだ。

外来の看護師さんの対応も優しく、イキイキと働く姿に興味を持ち、看護師になりたいという夢ができた。

そして高校卒業後、奨学金を利用して、私は看護学校に入学した。

少しでも早く借金を返済したいと思った私と凛はアルバイトを始め、そのアルバイト代のほとんどを借金返済に充《あ》てた。

両親は会社を縮小したとのこと。

母もパートに出るようになった。お嬢様育ちの母に仕事ができるか心配だったが、思った以上に楽しそうな様子に安心した。

昔はデパ地下で買い物をしたり、高級な食材を使って料理をするのが趣味だったのに、この頃になると母の楽しみは、いかに安くてお得なお買い物ができるかになっていた。

こんな感じで私たち家族は一致団結して、借金の返済のため働いた。

借金完済することが私たちの目標になり、そのためにいろんなものを犠牲にした。

その一つが恋愛だ。

好きな人もいたし、付き合いたいと思ったこともあったが、借金のことがあって躊躇してしまった。自分の中では恋をするなら借金完済してからと思うようになっていた。

そして現在も家族全員で借金返済を続けている。

残りあと五百万円。ゴールは見えてきたという感じ。

日勤を終え病院を出ると、病院の敷地内にある社宅に帰った。

夜勤がある私にとって、近いところに社宅があるのはありがたい。

家賃も格安だし、建物も三年前に建て替えたのでとても綺麗。

宇喜田先生は苦手だけど、これがこの病院のいいところ。

荷物を置いて、スマートフォンのアプリを開き、チラシのチェックを済ますと、自転車に乗って最寄りのスーパーへ向かう。

今日は火曜特売日。

夕方からのセールが狙えるのはもちろんのこと、値引きが始まる時間でもある。

今日は食用油が安い上に、お店のポイント二倍デーのため、店内は賑わっていた。

私がお店に着く頃には特売品は残り少なくなっていたが、無事にお目当てをゲットできた。

幸せを感じる瞬間だ。

他にもお惣菜《そうざい》やお肉も次々と値引きシールが貼られているのを、口元を緩ませカゴに入れた。

レジに並んでいる時だった。

バッグの中でスマートフォンが震えているのがわかった。

スマートフォンを取り出そうとした時、

「お待ちのお客様、こちらどうぞー」

レジの店員さんが声をかけてくれたので着信を確認するのを一旦諦め、レジ台にカゴを置いた。

会計を済ませサッカー台に買い物カゴを載せると、バッグからスマートフォンを取り出す。

確認してみると、さっきの電話は双子の妹の凛からだった。

お店を出てから電話をかけようと、買ったものをマイバッグに入れ、急ぎ足で店を出ると、再びスマートフォンが震えた。

「もしもし？」

『唯、忙しかった？』

「ごめん。スーパーで買い物してて……どうかした？」

『あのね、ピンチヒッター頼めないかな～』

「いつ？」

『明後日なんだけど』

「明後日は……日勤だから大丈夫だけど」

『本当？　急で申し訳ないんだけどお願いできないかな』

凛からのお願いは年に一回あるかないかぐらいなのだけれど、こんな急なお願いは今回が初めてだった。

私も仕事で夜勤や準夜勤があるので、こういったお願いは普段は一週間前ぐらいにされるのだが、何かあったのだろうか。

妹の凛は、プロのダンサーだ。小さい頃、私と凛はバレエを習っていたが、私は早々に脱落。凛は中学までバレエを続けていたが、高校でダンス部に入ってからバレエよりもダンスにどっぷりハマってしまった。

卒業後は進学せず、プロのダンスチームに入った。でもダンサーだけでは食べていけなくて、借金返済のこともあり、夜はホステスとして働いている。

このお店は会員制の高級クラブ。

一見《いちげん》さんは入店できず、客層も身元がしっかりしている方のみ。

しかもここのクラブのオーナーは、他にもいろんな事業を展開している女性で、母の古い友人である。

私たちの事情を知っているオーナーは、責任を持って面倒を見ると言ってくれて働くことになったのだ。

実は私も学生の時に凛と同じクラブでホステスのアルバイトをしていた。

当時は双子でホステスをしているということで、ちょっと話題になった。

だけど、看護師になったのを機に私はホステスを卒業。

凛はダンサーをしながら今も続けている。

ピンチヒッターというのは、凛の代わりに私がお店に出るということだ。

私たちが一卵性双生児で顔がそっくりだからできること。

でもこんなことをするのは本当に特別な時だけ。

凛になりすましてでもお店に出なくてはならない理由がある時だ。

例えば、かなりの太客《ふときゃく》だったり、前々からお約束をしているお客様が来店する日だったり……と理由はさまざま。

だが凛がお店に出られない理由のほうも気になるところ。

「わかったけど、こんなに急って珍しくない？」

凛の話はこうだ。

凛の所属するダンスチームのスタジオに、ブロードウェイで活躍している有名なダンサーと振付師がやってくるというのだ。

凛のダンスチームは高い技術力があり、ソロで活躍している人も多くいる。有名なミュージシャンのバックダンサーを務めたりミュージックビデオにも参加したり、過去には海外のオーディション番組に出演し、大きな注目を浴びた。

実は凛もダンサーとしての実力はかなりのもので、海外の有名なダンスカンパニーからお声がかかったこともあった。

でも凛は、借金完済までは日本を離れることはできないと、オファーを断ったのだ。

そんな過去があるのだけれど、今回は凛の様子がちょっと違った。

というのもそのブロードウェイの振付師は、ダンスを始めた頃から凛が憧れている人だからだ。

その振付師の方から凛のダンスを間近で見たいと申し出があったというのだ。

「すごいじゃない、凛」

憧れの人にそんなことを言われるなんて、凛にとってはどれだけ嬉しいことだろう。

こんなチャンスは奇跡に近い。

私は自分のことのように興奮した。

『うんでも、見たいっていうだけで、スカウトされるかはわからないよ』

「ううん、凛なら大丈夫よ。でも私にお店を頼むってことは……」

この日はお店にも出なきゃいけない理由があるということだ。

「三ヶ月前に来店予約をされたお客様がいるの」

凛が働いているお店は会員制の高級クラブで、お客様は全国にいる。

三ヶ月前からお約束しているということは遠方からお見えになるだろう。

めったに来られない地方の方が、来店した際に次の来店予約を入れたりすることは時々ある。

「わかった」

『本当に助かる。ありがとう』

電話越しに凛の申し訳なさそうな声が聞こえる。

「何言ってるの。私にはこんなことしかできないし……」

家族で助け合って借金を返したため、随分返済できた。いってみれば、私たちは全員で借金返済というミッションに挑む仲間のようなものだ。

そんなかけがえのない仲間である凛が困っている時は助けてあげたいのだ。

とは言いつつも、凛の大事なお客様に粗相《そそう》があってはいけない。

ホステス経験があったとしても、失敗したら凛に迷惑がかかってしまう。

『ありがとう。今回のことはママには話をしておくから。あとお客様のことだけど、たぶん唯も一度会ってる人だと思う』

「え？　どなた？」

『佐藤《さとう》様よ。覚えてないかな～。名古屋《なごや》で美容整形やってる人で』

「ああ～。わかった。思い出した。一度凛の代わりにお店に出た時に接客した方ね」

『そうそう。私が係なんだけど、その佐藤様がお客様を連れてくるって今日お店のほうに連絡があって』

「それって新規の？」

『そう。そちらの方は都内に住んでらっしゃるみたい』

高級会員制クラブは、一見さんの入店は基本ない。

新規のお客様はご紹介があって初めて入店できるのだ。

今回の場合、佐藤様のご紹介ということになる。

もちろん高級クラブといえば、飲み物一杯でも居酒屋などと比べると随分高く、来店されるお客様も大企業の役員や資産家といったいわゆるセレブ。

しかも会員制なので、お店に来ているお客様のご紹介ということで入店される方がほとんどだ。

そのため身元がしっかりしていて、ちゃんと支払いができる方に限られる。

そんな特別なお客様をおもてなしするのだから、ホステスにも一定以上の責任感が求められる。

特に今回のように自分の係のお客様が遠方から来られる方で、新規のお客様もご来店となると、休むわけにはいかない。

でも凛にとってはそれ以上に大事な日になってしまった。

「わかった。じゃあ申し訳ないけど、シズちゃんにも言っておいてくれる？」

シズちゃんというのは凛がいつも世話になっている美容室の担当の女の子だ。

『今日言っておく。唯、本当にありがとう』

「いいの、気にしないで。それより凛、ダンス頑張ってね」

『うん、頑張るよ』

そう言うと電話は切れた。佐藤様か……復習しておかなくちゃ。

メモ魔の私はなんでもメモを残している。

お気に入りのノートに好きな色のペンを使ったりシールを貼ったり……。

私の唯一の趣味でもある。

佐藤様のことも、どんな会話をしたかとか、どんな飲み物が好きかとか、お仕事は何をしているかなど記録している。カルテのようなものだ。

特に凛のお客様となれば、身バレしないようにちゃんとお客様の情報を把握しておかないといけない。

とはいえホステスを卒業してから、もうかれこれ五年以上経つ。

こうして時々凛のピンチヒッターを務めることはあるけれど、毎回緊張で胃が痛くなる。それでも凛からの頼みを私が断らないのは、凛にたくさん助けてもらっているからだ。

早く借金を返したかった私は、看護師になってもホステスを続けるつもりだった。だけどそんな私に凛は、

「唯は看護師一本で頑張ってほしい。私は自由が利くからダンサーをしながらこの仕事を続ける」

と言った。

もちろん、凛一人にホステスをさせるわけにはと最初は自分も続けると言ったが、

「唯は人の命を預かる仕事をするんだよ。二足のわらじなんて体力的に無理だよ。だからこっちの仕事は私に任せて唯は看護師に専念して。その代わり、どうしても私がお店に出られない時はピンチヒッターをお願いするかも」

そう言ってくれたおかげで私は、看護師として頑張ってこられた。

だからこれからも凛から頼まれたら断るつもりはない。

そんなことを思いながら帰宅した。

買ったものを冷蔵庫に入れ、晩御飯の支度をしていると改めて凛からメールが届いた。内容は、来店予定のお客様である佐藤様のことだ。

佐藤様は名古屋のほうで開業医をされている三十代の男性。用事でこちらに来た際には必ずお店に来てくださる方だ。

メールには前回来店した時の会話の内容だったり、ご家族のこと、他にもどんなお酒が好きかなどが事細かに書かれていた。

私は以前書いたメモと照らし合わせて彼の情報をまとめようとしてみた。

覚えているのはとても明るい方だったってこと。

どちらかというとお酒を飲むことよりも、会話を楽しむタイプ。

そんな佐藤様がご紹介くださるお客様は都内在住の方らしい。

もしその方が医師なら……。

まさか私の勤める病院の医師ではないよね？

一瞬不安になる。

でも、凛から、私の勤める病院の関係者が来店したことはないと聞いているし……。

そんなことよりハイヒール履《は》けるかな？

私は食後にシューズラックからハイヒールを取り出し履いてみた。

「サイズは大丈夫だけど……」

普段はぺったんこのナースシューズを履いているので、ハイヒールを履くと歩き方がぎこちなくなる。

私はハイヒールを脱いで磨いておいた。

翌日、仕事から帰ると社宅の管理人さんに声をかけられた。

「妹さんが見えて、これを渡してくれって」

「ありがとうございます」

お礼を言って、有名ブランドのショップバッグを受け取った。

バッグの端を人差し指で少し広げ、チラリと覗き込むと鮮やかな青色が目に入った。

凜が明日のために用意したドレスだった。

私はショップバッグを持ち直し、鍵を開けて部屋に入ると青いドレスを取り出してハンガーに掛けた。

ノースリーブで胸元が開いたカシュクール風のロングドレス。

凜なりに地味なドレスを持ってきてくれたのだろうけど、毎日ナース服を着ている私からしたらこの鮮やかなブルーはかなり派手だ。

アルバイトをしていた頃は、これよりもっと派手なドレスを平気で着ていたのだとは思えない。

あの頃を懐《なつ》かしく感じた。

ショップバッグの中にはまだ小さな紙袋が入っていた。

「あっ！」

それは私が大好きなトリュフ入りのパンだった。

紙袋には可愛い柴犬のイラストの入った付箋《ふせん》がついており、

【これ食べて頑張れ！】

とメッセージが書かれていた。

早速パンを取り出し一口。

「あ〜美味《おい》しい」

凛はいつも美味しいものを入れてくれる。美味しすぎて全部食べてしまった。

それから、明日に備えてフェイスパックをして早めにベッドに入った。

「唯〜」

仕事を終え、更衣室で着替えをしていると同じ病棟勤務の和葉《かずは》が声をかけてきた。

「和葉、お疲れ」

「お疲れ～。ねえ、このあと暇？」

「あ～。ごめん今日はこのあと用事があって」

両手を合わせて謝った。

でも和葉は疑うような目で私を見ると、小さなため息をついた。

「本当に用事？」

「本当だって」

今日は凛のピンチヒッターで、久しぶりにお店に出る日。

これから社宅に帰って、何か少しお腹に入れてから、お店の近くの美容院に行くことになっている。

正真正銘《しょうしんしょうめい》用事である。

といってもこんなこと正直に話したら、すぐに帰してもらえるとは思えない。

「ふ～ん。そうなんだ」

「っていうか和葉こそ、なんかあったの？」

「ん？　最近見つけた居酒屋にすごいイケメンくんがいるから一緒に行かないかな～

って」

和葉は口元を緩ませた。

「イケメンくんって……和葉、彼氏いるんじゃないの」

和葉には二つ年上の彼氏がいる。

「そうだけど、目の保養《ほよう》よ。たまにはそういうのもいいんじゃない？　大体唯は真面目《まじめ》すぎるのよ」

和葉は私が借金返済をしていることを知っている。

節約生活をしており、同世代の女子が楽しむことを一切《いっさい》しない。

そんな私をこうやって誘って、外に目を向けさせようとしてくれているのだ。

「ありがとう。でも本当に今日は用事があって……」

「そっか～用事があるのなら仕方ないね」

「ごめんね。次は必ずイケメンくん拝みに行くから、また誘ってね」

「うん」

そう言葉を交わすと私は急いで帰宅した。

家で軽くご飯を食べ、シャワーを浴びると、家を出た。

ちょうど病院の正面のロータリーにタクシーが止まっていたので、乗り込んだ。

タクシーが病院の敷地から出ると緊張し出した。

私が凛じゃないことがバレてはいけないし、それ以前にちゃんと接客ができるか心配になる。でもここからはもう凛として気持ちを切り替えるしかない。

タクシーは美容院の前で止まった。

雑居ビルの二階にお店はある。

そのお客の大半は、髪の毛をセットしてもらいに来ている。

これからお店に出る女の子も多く、賑わっていた。

「いらっしゃい。あら、今日は珍しい。アズサちゃんよね？」

アズサというのは私がアルバイトをしていた頃の源氏名《げんじな》だ。

「ご無沙汰《ぶさた》してます」

美容室のオーナーにぺこりと頭を下げるも束《つか》の間《ま》、すぐにセットが始まる。

担当はシズちゃんだ。

「お久しぶりです」

おっとりとした話し方だが手は早い。

「久しぶりすぎてもうドキドキなんだけど」

「アズサちゃんなら大丈夫ですよ。髪の毛の長さもジュリちゃんと同じですし。私は付き合いが長いのでお二人の違いはわかりますけど、大丈夫です、絶対にバレないようにしますので」

シズちゃんが言ったジュリちゃんというのは凛のことで、彼女の源氏名がジュリなのだ。

私は普段よりもかなりバッチリメイクをしてきた。

普段なんてビューラーでまつ毛をアップするぐらいだけど、今日はつけまつ毛をつけて凛が普段愛用しているピンク系のキラキラアイメイクで女子力をぐんと上げた。

でもこれだけだとちょっとバレそうなので、仕上げはシズちゃんにお願いしているのだ。

普段は長い髪の毛をお団子にしてひとまとめといったシンプルな髪型も、シズちゃんの手にかかれば、クリンクリンの巻き毛。

「普段のジュリちゃんっぽくしましたけど……バッチリですよ。メイクもジュリちゃんにめっちゃ寄せてますから、ぱっと見じゃわからないかも」

完成した私を見ようと、周りのスタッフが興味津々《きょうみしんしん》で寄ってきた。

「ジュリちゃんになってるわよ」

「これなら見分けがつかないよ」

周りの評判は上々。

「うん、完璧。シズちゃんありがとう」

そのまま更衣室を借りて、着替えを済ませる。

鏡に映った私の姿は、凛……いや、ジュリだ。

「どこから見てもジュリちゃんよ。頑張って」

「はい。頑張ります」

オーナーに見送られ、私はお店へ向かった。


煌《きら》びやかなネオンと夜の街。綺麗なドレスや着物に身を包んだ女性たちが歩いている。その多くが私のように出勤するホステスだろう。

たくさんの店の中でも一際《ひときわ》目立つ真っ白なビルに「クラブ　カナリー」はあった。

店の前に立つと、緊張が走る。

それを落ち着かせるために大きく深呼吸をし、自分に言い聞かせる。

大丈夫、なんとかなる。

「おはようございます」

店に入ると黒服が出迎えてくれた。

「おはようございます。ジュリさん、マネージャーが待ってるので」

「はい」

慣れないヒールで階段を上り、ロッカールームへ向かった。

出勤した他のホステス数名が一斉に私を見た。

今回のピンチヒッターの件は一応スタッフの耳に入っている。だが、今回のようなことは私たちの事情を知ってるお店の配慮《はいりょ》があってのことで、特例なのだ。

「ジュリさんの……お姉さんですよね？」

「はい。今日一日お願いします」

深く一礼すると、女性たちが私を取り囲んだ。

「本当にジュリさんそっくりですね」

「絶対わかんない」

驚かれることはもう慣れっこだ。

「アズサ」

少し離れたところからよく知った声が聞こえた。

「優里《ゆり》マネージャー」

「優里でいいわよ。ちょっと来てちょうだい」

「はい」

優里マネージャーはこの店のマネージャー。ホステスのリーダーみたいな人だ。

私がアルバイトをしていた時の教育係でもあり、なんでも話せる姉御肌《あねごはだ》。

アルバイトを辞めた今でもプライベートで会っている。

店内に移動し、ソファに座るよう促《うなが》された。

「今日はよろしくね」

「いえ、こちらこそよろしくお願いします」

挨拶もそこそこに、簡単な説明を受ける。

佐藤様は九時頃お見えになる。それまではヘルプに回ってほしいとのこと。

新規のお客様が見えるとのことなので、優里さんも同席することになった。

その後このクラブのオーナーである雪絵《ゆきえ》ママも挨拶に来ることになっている。

佐藤様が帰られたら、私も上がっていいということだった。

「私もよく知ってる方だからそんなに緊張しないで、昔のように接客してくれればいいから」

「はい」

みんなが協力してくれて、少し安心したが、やはり緊張はする。

なんとか無事に終わりますようにと、私は手のひらに人という漢字を三回書いて呑み込んだ。

開店してまもなく、お客様が数名来店した。

優里さんに言われたとおり、ヘルプに入って完璧ではないが徐々に昔の感覚を思い出した。この分だとちゃんと凛の代わりはできそう。

やがて佐藤様がお見えになったとの連絡が入った。黒服に誘導され席へ移動。

さあ、凛に恥をかかせないよう頑張るぞ。

そう心の中で気合いを入れた。

「いらっしゃいませ」

佐藤様は長身で、K―POPアイドルのような無造作《むぞうさ》なスパイラルショートヘアに甘いマスク。服装はカジュアルな黒の上下に、グレーのシャツ。

見た目は実年齢よりも若く見える。

「佐藤様、お待ちしておりました」

気持ちトーンを上げ、満面の笑みを浮かべ挨拶をする。

「ジュリちゃん久しぶり」

「本当ですよ。でもお元気そうで」

「体だけは丈夫だから俺」

佐藤様が自分の席の隣を叩き、隣に座るように促した。

「失礼しま～す」

と言って隣に座る。

「改めまして、ご無沙汰しております。ジュリです」

「もう挨拶はいいよ。今日はさ、俺の大学からの親友を連れてきたんだ」

噂のご新規様だ。ちょっとドキドキしながら尋ねてみる。

「佐藤様のご親友ですか？」

「そう。でもこいつ、全く遊びを知らないというか……」

「そうなんですね！　じゃあ、まず自己紹介させてください」

そう言って佐藤様の隣に座っている男性に目を向けた。

その瞬間、時間が止まったかのように動きが止まった。

佐藤様の同級生というのは、なんと宇喜田廉斗その人だったのだ。

2　結婚相手のご指名いただきました

——嘘でしょう。

私は自分の目を疑った。

佐藤様と一緒に来た新規のお客様は、なんと私の勤務する病院の外科医の宇喜田廉斗先生だったのだ。

なんで？　なんで？

頭の中がこの三文字で埋め尽くされる。

心臓はバクバクして、思考が停止する。

——ちょっと落ち着いて。

今ここにいるのは凛であって唯ではない。

と自分に言い聞かせるが、頭ではわかっていても、真っ白になる。

だけど、本当にこの人が宇喜田先生とは限らない。

だって世の中には自分に似た人が三人いるというし……。

動揺を顔に出さないように、自分の名刺を取り出した。

「初めまして、ジュリと申します。本日は佐藤様のご紹介ということでご来店いただきありがとうございます」

だが、宇喜田先生かもしれない男性の表情は愛想が全くない。

というより不機嫌そうだ。

私の知っている宇喜田先生はいつも笑顔の絶えない方だ。

私にだけ厳しい先生だけど、ここまで不機嫌な顔を見せたことはない。

そう考えると、やはり宇喜田先生にめちゃくちゃ似ている人かもしれない、とわずかな可能性も期待できた。

何も知らない佐藤様は慌《あわ》てた様子で、

「ジュリちゃんごめんね。こいつこういう店初めてで緊張してるだけなんだよ。な?」

とその人に振ったのだが、かなり低い声で

「……ああ」

と短い返事が返ってきただけ。

私は笑顔でわざと明るい声を上げた。

「初めてでしたら緊張しちゃいますよね。私も初めてこの店に入った時、あまりの煌びやかさにドキドキしましたもの」

「……」

緊張をほぐしてもらおうとしたものの、相手は無言。

もし先生なら多少の愛想はありそうだけど、この人はずっと無愛想だった。

私の中でだんだんと、この男性は先生ではなく先生に似た人説が濃厚になってきた。

「これも何かのご縁ですので、楽しんでいってください。それで、よろしければお名刺を交換させていただいても？」

すると佐藤様が肘で彼の腕を小突いた。

先生に似た男性は、我に返ったかのようにハッとしながらジャケットの中に手を入れ名刺入れを取り出した。

男性の席と私の席の間に佐藤様が座っていたので、失礼にならないよう席を立ち、

「改めまして、ジュリと申します。どうぞよろしくお願いいたします」

と改めてご挨拶をした。

そう、この時の私は先生のそっくりさん説が濃厚だと思い込んでいたのだが……。

「宇喜田です」

名刺を交換したと同時に聞こえた聞き覚えのある名前。

えええええ!?

受け取った名刺を持ったまま固まりそうになった。

でも今の私は田辺唯ではなくジュリなのだと自分を奮《ふる》い立たせ話を続けた。

「宇喜田様は……お医者様でいらっしゃるんですね」

再びドキドキが襲いかかる。

「そうなんだよ。廉斗とは医大時代からの友人なんだ。卒業したら地元の名古屋に戻ったからあまり会えないんだけどさ、こうやって今も付き合いのある友人はこいつだけなんだ」

と明るく話す佐藤様。

対して宇喜田先生はというと、私の名刺をサッとしまい無表情のまま。

だけど黙って座っていてもわかる、長身に甘いルックス。

ヘルプについているホステスたちが宇喜田先生に興味津々で話しかけているおかげで、私のほうから声かけはほぼ不要な様子。

というか、不機嫌の原因は私に気づいたからとか？

ううん、声だって少し高めに出しているし、普段の見た目とは全く違うんだから。

と自分を納得させた。

すると少し遅れてやって来た優里さんが席に着いた。

「佐藤様いらっしゃいませ」

着物姿の似合う優里さんが席に着くと、場の空気がパッと明るくなる。

「優里さん久しぶりだね」

「本当ですよ。私とは……五ヶ月ぶりですよね？」

佐藤様がすぐに答えられなくて、

「そうだったかな？　忙しくてなかなかここまで来られなくて」

と誤魔化《ごまか》すと優里さんは、

「え～忘れたんですか？　私もジュリも佐藤様のお越しを首を長～くして待ってたんです。ね～ジュリ」

と可愛く拗《す》ねて見せた。

「そうですよ。もう忘れられたかと思ってました」

と便乗《びんじょう》するように私が言うと、佐藤様は慌ててごめんね～と手を合わせ謝る。

そんなやり取りを見てみんなが笑った。

優里さんが来てくれたおかげで、だんだん気持ちが落ち着いてきた。

先生のほうを見ると、さっきよりも緊張がほぐれたのか少しだけ表情が穏やかになっていた。

しばらく歓談《かんだん》していると佐藤様が、

「ジュリちゃん悪いね」

と小声で謝ってきた。

「え？」

「あいつ無愛想でさ」

そう言ってチラリと視線を先生のほうに向けた。

「いえいえ、とんでもないです」

そう答えたものの、いつバレるかと内心ドキドキして胃が痛くなりそうだった。

「いつもはあんなんじゃないんだよ。実はさ、廉斗がちょっと最近凹んでるみたいだから元気づけてやろうと思って急遽《きゅうきょ》誘ったんだよ」

――凹んでる？

耳を疑う言葉だった。

私の知る限り、先生はいつも明るく、悩みもなさそうに見えた。

仕事も順調で、患者をはじめスタッフからも好かれており、私の前でだけちょっと態度が冷たいという感じだった。

だから凹むなんて先生とは無縁なはずだと思っていたんだけど……。

「そうだったんですね。じゃあ、元気になってもらうためにまずは乾杯しませんか？」

一緒に話を聞いていた優里さんがそう言い、ヘルプの女の子たちがお酒を作ろうとしていると先生が、

「僕は、お酒じゃなくてソフトドリンクで」

と彼女たちの手を止めた。

お酒を飲まないお客様は初めてではない。

お酒を飲めなくても、ここで過ごす時間を楽しみたいというお客様は稀《まれ》にいる。

「お酒お飲みにならないんですか？」

確認するホステスに佐藤様が代弁する。

「廉斗は外科医なんだよ。その上すご～く真面目だから、急な連絡にもすぐに対応できるようにあえて飲まないようにしてるんだよ。ごめんね。ウーロン茶でいいから」

すぐに黒服に頼んでウーロン茶を用意してもらった。

そういえば、当直の先生がいても自分の担当する患者さんの容態《ようだい》が急変するようなことがあれば、いつでもいいから連絡するようにと言われている。

きっと今ここで連絡が入れば、躊躇《ためら》わず病院に行くだろう。

そういうところは正直頭が下がる。

頼りになるし、院長の息子だということを鼻にかけたりもしない。

医師としてはパーフェクトなんだけど……。

「わぁ、外科医なんてカッコいいですね～」

「手術着似合いそうですね」

「患者さんのためにお酒飲まないって男前すぎますよ」

口々に先生を称賛《しょうさん》する女の子たちの目はキラキラしていて、単なる仕事上のお世《せ》辞《じ》とは思えない。

病院でも人気者だけど、先生は場所とか関係なくモテるんだ。

私にだけきついけど……。

ホステスの目が先生に向けられると、すかさず佐藤様が間に入る。

「ちょっと、俺も外科医だよ。美容整形クリニックの院長だよ」

拗ねる佐藤様を見てその場にいたみんながわっと笑った。

お客様なのに場を盛り上げてくれるのだ。

「じゃあ乾杯しましょう」

優里さんがみんながグラスを持ったのを確認すると、乾杯をした。

「かんぱ～い」

凛は私よりもお酒が好きで、毎回最初の一杯は勢いよく飲む。

その飲みっぷりがお客様にウケている。

私は看護師になってからお酒は嗜《たしな》む程度になったが、今日は凛なので勢いよく飲む必要がある。

乾杯の後、グラスの中のハイボールを勢いよく飲んだ。

「さすがジュリちゃん、いい飲みっぷりだね。俺はこれを見せたかったんだ、なあ廉斗」

佐藤様が身を乗り出すように先生に訴えた。

でも先生の反応が怖い。そこは先生に振らないでほしかった。

「ただ飲んだだけで、私じゃなくたって……」

案の定先生の反応はない。

でも佐藤様は話を続ける。

「確かにジュリちゃん以外にも飲みっぷりのいい子はたくさんいるよ。だけどなんか違うんだよな。生命を感じるんだよ」

凛がダンサーだから？

それとも借金返済のために頑張る姿に生きているって感じがしているのかも。

だけど佐藤様は、凛の働く理由など知らないはずだ。

すると佐藤様は声のトーンをかなり絞って小声で話しかけた。

「そういう可愛いのにエネルギッシュなジュリちゃんのパワーを、廉斗にお裾分《すそわ》けしてあげたくてね」

「私のですか？」

佐藤様は大きく頷いた。

先生はというと、他のホステスからの質問攻めに忙しそうで、私たちの会話は聞こえていないようだ。

「廉斗は大きな病院の跡取りなんだけどね、父親である院長は早く結婚してほしいみたいで、とにかく縁談話が絶えないんだってさ」

そういえば、あんなにイケメンで人気のある先生だが、浮いた話は聞いたことがなかった。

プライベートなことだから、私たちが知らないだけで恋人はいるかもしれない。

そんなふうに思っていたけれど、大病院の跡取りというのは大変なものらしい。

「そうなんですか」

「そう。でさ、その縁談をあいつは毎回片っ端から断るわけよ。で、理由を聞いたらさ」

「はい」

佐藤様は先生に聞こえない声で言った。

「どうやら好きな女性がいるらしく、その人に片想いしてるっていうんだ。だけど先日も親父さんから、次の縁談は断らせないって言われたらしくて参ってるみたいなんだよ」

私は思わず目を丸くし、ぽかんと口を開けてしまった。

先生が片想い？

年齢問わず女性にモテモテなのに？

「ただ、もし結婚したい相手がいるのなら次の縁談までに報告しろ、って言われたんだって。でも片想い中だからさ～」

佐藤様はチラリと宇喜田先生のほうを見た。

すると、目が合ったようで……。

「何？」

と不機嫌そうに宇喜田先生が佐藤様を軽く睨《にら》んだ。

「なんでもないよ」

と言いながら再び私と向き合い話を続ける。

「それで俺のところに連絡が来たわけだよ。あいつがさ、親父の言いなりにだけはなりたくないってね」

聞けば聞くほど別人の話を聞いているようだ。

だって私の知っている宇喜田先生は社交的で、誰とでもうまくやっている。

父親である院長とちょっとした確執《かくしつ》があるなんて、意外な感じがした。

「だから元気のない廉斗を俺の癒《いや》しの場所に連れてきたってこと」

一緒に聞いていた優里さんが佐藤様に声をかける。

「そうなんですね。でも私たちじゃお役に立てないんじゃ？」

絶対役に立っていない。

そもそも会話をしていないし……。

「大丈夫、大丈夫。まあ、俺的にはジュリちゃんにさえ会えればいいんだから。ほら、飲んで飲んで」

「え～いいんですか？　でもありがとうございます。じゃ～おかわりもらっちゃおうかな～」

「どんどん飲んで」

宇喜田先生を元気づけることができたかどうかは微妙なところだけど、佐藤様は楽しんでくれたみたいで、ジュリとしての役目を果たせたかなって思う。

そして佐藤様が帰られる少し前に、このクラブのママである雪絵ママが登場した。

着物姿のとても似合うママが登場すると、一気にその場が華やぐ。

先生もママが席に着く頃にはかなり表情が柔らかくなり、会話を楽しんでいた様子。

まるで他人事のような言い方だが、実際私はほとんどの時間佐藤様と話をしていて、先生とは最低限の会話しかしなかった。

確かに佐藤様が、俺のジュリちゃんだからなと先生を牽制《けんせい》していたが、それは冗談で言っていたことだし……。

いくら苦手な宇喜田先生だとしても、新規のお客様なのだから、またこのお店に来たいと思わせなきゃいけなかった。

その点においては不合格かもしれない。

あと一つ気になったことがあった。

それは先生が時々私をじっと見ていたことだ。

バレていないと思うけど……。

「アズ？」

佐藤様と先生のお見送りを済ませ、店に戻る時雪絵ママに声をかけられた。

「はい」

「今日はありがとう」

「いえ……」

「どうだった？」

「なんとかできたかなって感じです」

だけど達成感もないし満足もしていない。

いろんなことが多すぎてまだ混乱している。

「確かに今日はあなたにとってもハードルが高かったわよね」

雪絵ママも気づいたのだろう。私は大きく頷いた。

「私は、宇喜田さんのことは佐藤様から事前に聞いていたから」

新規のお客様の場合、身元を知る必要があるからだ。

私も事前に知っていればよかったのかもしれないけど、その情報は私のところまで届かなかった。

「その様子だと面識は……」

「大アリです」

その言葉に雪絵ママは驚いた。

私は雪絵ママに彼と同じ部署で働いていることを説明した。

「あら！　そうだったの？　そんなことなら先に言っておけばよかったわね～」

「いえ、それは言わなくてよかったかも。知ってたら凛の頼みでも断ってたと思いますから」

「そうね。でもヒヤヒヤしたでしょ～」

「はい。凛のピンチヒッターだとしても実際今日ここにいたのは私なんで、バレてるんじゃないかってヒヤヒヤでした」

「それは……確かにヒヤヒヤするわね。でも副業禁止ってわけじゃないでしょ？」

「そうなんですけど……」

宇喜田先生とは相性がよくなくて、何かにつけて注意される……なんて恥ずかしくて言えない。

雪絵ママは不安を隠しきれない私を励ますかのように、肩をポンポンと叩いた。

「大丈夫よ。今日のあなたはちゃんとジュリになりきっていたわよ」

雪絵ママからお墨付きをもらえたが、小さな不安は拭《ぬぐ》えなかった。

さすがにこのド派手ヘアメイクのまま社宅に帰って誰かに見られてはまずいと思い、お店の更衣室で着替えて髪の毛もとりあえずひとまとめにし、帽子をかぶって帰宅した。

「は～疲れた」

久々のピンチヒッター、それに加えて普段よりたくさんお酒を飲んだこともあり、私は帰宅するなりベッドに寝転んだ。

メイクも落としたいし、お風呂《ふろ》にも入りたい。

だけどもう動きたくない。

でもそういうわけにもいかず、ゆっくりと体を起こしたその時だった。

ピコーンとメールの着信音が鳴った。

時刻は日付が変わった頃。

こんな時間にメールをよこすのは一人しかいない。

バッグからスマートフォンを取り出すと案の定凛からだった。

【今電話しても大丈夫？】

凛のダンスのことも気になっていたし、宇喜田先生のことも話しておかなければと思い、返信する前に私のほうから電話をかけた。

凛はすぐに電話に出た。

『もしもし唯？ 今いいの？』

「大丈夫。もう家だから」

『そっか～。今日は本当にありがとう。すごく助かった』

凛の声はいつにもまして弾んでいるようだ。

もしかして手応えがあったのかな？

「いえいえ」

『それでそっちはどうだった？』

「う～ん、たぶん佐藤様には満足してもらえたと思うんだけど……」

私の含みのある言い方に凛は、

『え？ なんかあったの？』

と心配そうに尋ねてきた。

私は今日の出来事の一部始終を話した。

『えええ？ そんな偶然あるの？ 佐藤様のお連れ様が同業者だって情報しか私は聞かされてなかったから、てっきり同じ名古屋で開業医をされている方かと思ってた』

同業者って情報はあったのね。そこは教えてほしかった。

凛は時々肝心なことを言い忘れるところがある。

「宇喜田先生とは頻繁に顔を合わせているから……バレたら困るというか」

ただでさえ、真面目に仕事をしているのになぜだか注意を受ける私。

それがピンチヒッターだったとしても、高級クラブのホステスだって気づかれたらどうなってしまうのだろう。

例えばずっとネチネチと嫌味を言われるとか……。

院長に告げ口するとか？

だがそんな不安をかき消すように、スマートフォンから凛のケラケラと笑う声が聞こえた。

『もう～、何心配してるの？　いい？　今日唯は私の代わりにお店に出たの。バレるわけないじゃない。私のほうからちゃんとお礼のメールを宇喜田先生にも送るし、問題ないって。今後は私に任せなさい』

なんか自信に満ち溢《あふ》れた声に、心配している自分がつまらなく思えた。

確かに凛の言うとおり。

そもそも私は凛の代わりでお店に出ただけで、あの店で働いているわけではない。

万が一、何か言われたら知らないで通せばいいこと。

「わかった。じゃあ後のことは凛に任せる。名刺は優里マネージャーに渡してあるし、先生のことで何かわからないことがあれば私に聞いて」

『確かにそうだよね。いつも会ってる人だしね』

嫌われてるけど。

「そうそう、それより今日はどうだった?」

自分のことばっかり話してしまい、肝心な凛の話を聞きそびれそうになった。

『そのことなんだけどね……向こうのダンスカンパニーに入らないかって誘われたの』

「本当? すごいじゃない。で? もちろんOKしたんでしょう?」

今日は凛にとってとても重要な日だった。

凛が昔から憧れていた夢の舞台だし、本当なら迷わずOKするはずだけど……。

凛は間を空け、まだと答えた。

その理由は言わずともわかっている。

「ねえ、まだ返事してないってことは、まだ時間の余裕はあるってこと?」

『うん、でもたぶん断ると思う』

その声は弱々しかった。

本当は行きたいに決まってる。

だってそのために今まで頑張ってきたんだし、目の前に自分の夢がぶら下がっているのに借金のために諦《あきら》めるなんて悲しすぎる。

「ねえ、まだ断らないで。凛は今まで私以上に借金を返済してきた。それにお父さんの仕事も順調そうだし、凛は今度こそ自分の幸せを考えたら？　残りの借金のことは私たちに任せて」

借金は残り五百万円までになった。

家族で力を合わせてここまで借金を減らしたんだから、凛がアメリカに行ってもなんとかなるはず。

『ありがとう。でも……やっぱり全てクリーンにしてから前に進みたいっていうか』

凛の気持ちもわかる。

私も恋愛や結婚は全てをクリーンにしてからと思ってる。

でも凛にとってこんな大きなチャンスがまた来るのかどうかわからない。

下手したら今回が最後かもしれない。

だとしたら今しかないような気がする。

「とにかく、もうちょっと待ってて。私も借金返済のこと考えてみるから」

『ありがとう、唯』

「何言ってるの。とにかく憧れの振付師からのお誘いってすごいことなんだから、前向きにね？」

『そうだね』

同じ日に生まれた私たち。

顔もそっくりだからなのかわからないけど、考え方も似ている。

だから今の凛の気持ちはすごくわかる。

過去に一度は断ったアメリカ行き。

それが再び訪れたってことは、凛のダンスを世界が求めているってこと。

とはいえ、残りの五百万円。

「あ～宝くじでも当たらないかな～」

「おはようございます」

みんなと挨拶を交わすが、実際には現在の時刻は二十三時四十五分だ。

今日は夜勤。

昨夜はたくさんお酒を飲んだけど、今日が夜勤だったおかげで日中はしっかり眠れた。

それに宇喜田先生は確か日勤だから、明日の朝まで顔を合わすこともない。

たとえ顔を合わせたとしても、普段どおりにしていれば向こうから話しかけてくることはないはず。

仕事が終わったらダッシュで帰る。そう決めた。

この日の夜勤は大きなトラブルはなかった。

普段はどちらかというと深夜勤より準夜勤のほうが忙しかったりする。

数回ナースコールが入ったが、トイレの介助などがほとんどで、緊急を要することもなく穏やかな勤務だった。

この日は和葉も夜勤で、私たちは一緒に休憩《きゅうけい》に入った。

和葉は凛とも面識があり、私たちの家庭の事情や凛がダンサーでホステスもしていることや私が恋愛など後回しにして借金返済のために働いていることも知っている唯一の友達だ。

昨日は和葉の誘いを断ったが、その時はちゃんと話ができなかった。

だけど、まさかあの店に宇喜田先生が来るなんて思ってもいなかった。

最初はそのことを話していいのか迷ったが、聞いてほしいという思いのほうが上回って、私は和葉に先日の用事の件を話した。

もちろん、先生が店に来た詳しい経緯は話していない。

和葉が口の軽い子じゃないことはわかっているが、先生に好きな人がいるらしいことは言えない。

だが和葉の反応は意外というか、驚く様子はなかった。

「そりゃあ、この病院の跡取りだったらね～。高級クラブにいてもおかしくないんじゃない？　むしろ初めて行ったたっていうことのほうが驚きだけど」

「確かにそう言われてみれば……」

「でも唯、大丈夫？　なんか相当ビビってるのが頭に浮かんだんだけど」

やっぱりそこが和葉の心配なところだったようだ。

「もう頭が真っ白。だけど凛になりきっていたからたぶん大丈夫だと思う。それに凛が後のフォローしてくれるって言ってたし」

だが和葉は何か考えているようだ。

「ねえ、どうしたの？」

「……う～ん、たぶん大丈夫だとは思うんだけどね」

そう言われると余計に気になる。

すると和葉は、凛の存在を知っている上での話だと前置きした。

「凛ちゃんと唯は確かに一卵性双生児で見た目がそっくりだよ。私も最初は正直見分けがつかなかった。だけど今はわかるよ、仕草とか雰囲気とかでさ」

そうなんだ。でもそれが、今の話とどう関係してくるんだろう。

「つまり、日頃からずっと唯を見てる人なら騙《だま》されないってこと」

和葉の言うとおりだ。私たちはそっくりだけど、親しい人は私たちを取り違えたりしない。興味を持ってよく見ていれば、違いはわかる。

でも、それなら心配ない。だって先生は、よく見ているどころか私なんか眼中にないはずだもの。

次に来店した時に本物のジュリに会ったとしても見分けはつかないだろうし、そもそもあの様子では、お店には申し訳ないけどまた来店するとは思えない。

「宇喜田先生はどういうわけか唯にだけ厳しいよね。だから先生が何を考えているかはわかんないし、バレるかと言われたらわかんないけど……まあ、お酒の席だし、そこまで見てないだろうからきっと大丈夫よ」

酒の席といっても先生は……。

「実は先生お酒飲んでないの」

「ええ？」

和葉は目を見開き驚いた。

「ソフトドリンクしか飲んでないの。だからちょっと心配なのよ」

人の見分けがつかなくなるほど飲んでいたら、私も安心できたのだけど。先生はしっかり素面《しらふ》だった。

どうしよう。

再び不安が押し寄せてきた。

「そっか～。飲んでないんだ。でもバレてないと思うからあまり気にしすぎないほうがいいと思うよ」

「わかった。もし何か聞かれても私は知らぬ存ぜぬで通すことにする。それ以前に話しかけられたりもなさそうだしね」

と自虐的に話した。

休憩後はいつもどおり業務をこなした。

起床時間の六時になると忙しくなり、あれよあれよという間に交代の時間になった。

日勤看護師への申し送りを済ませ、看護記録を書いて勤務終了となる。

申し送りが始まる頃、チラッと宇喜田先生の姿が見えたが一切視線を合わせず、勤務が終わると誰より早く更衣室へ向かった。

その間も先生と会うこともなく、私はほっとした。

今日は準夜勤で十六時からの勤務だけど、これを乗り切ればお休みだ。

そう思いながら着替えをしていると、和葉が来た。

「お疲れ～」

「お疲れ～。って、早いね」

ほぼ着替えを済ませた私を見て和葉は驚いていた。

「だって、先生と会いたくないし」

「……なるほどね。ちょっと待って、私も急いで着替えるから一緒に帰ろう？　万が一先生と出くわしても、私がいたら話しにくいだろうし」

それは助かる。

「ありがとう」

和葉が急いで着替えを済ませたので、一緒に更衣室を出た。

後は病院を出れば問題ない。

そう思っている時だった。

突然和葉がバッグの中を探り出した。

「どうかした？」

「うん……やだ～、私スマホ置いてきちゃったかも」

たぶん、私のために急いで着替えていたためロッカーに置き忘れたんだろう。

「取りに行ってきて。私はここからダッシュで帰るから」

「ごめ～ん」

「私こそごめんね、無理に付き合わせて」

「いいって。じゃあね、お疲れ」

「お疲れ～」

更衣室に戻る和葉に手を振り、出口へと向かった。

私のいる病棟は七階にある。

そのため普段はエレベーターを利用しているのだけれど、エレベーターは現在下りの五階。

エレベーターが一階まで行ってそれから七階まで上がってくるとなると、時間がかかる。

その間に先生とばったり会ってしまうかもしれない。

少しでも早く病院を出たいと思った私は、階段を選択した。

しかしそれが大きな誤算になった。
早足で階段を降りて行く。
六、五、四階とクリアし、もうすぐ一階というところで……。
私は一番会いたくない人とばったり会ってしまった。
先生は二階から階段を上っており、私は三階から二階に降りている途中だった。
先生の姿が視界に入った瞬間、緊張が走った。
なんでこのタイミングで遭遇《そうぐう》しちゃうの？
心臓はバクバクして、次第に動きも固くなる。
落ち着け自分。
意識せず、普段どおりに挨拶すればいい。
そう自分に言い聞かせた。
「お先に失礼します」
視線を落とし、素早くすれ違おうとしたその時だった。
私の動きが止まった。
いや、止められた。
私の腕を宇喜田先生が掴《つか》んでいたのだ。

「あ、あの……」

「いつからあの仕事をしているんだ？」

その声は病院で聞いたことがないほどとても低く、私がピンチヒッターでクラブにいた時よりもさらに低かった。

張り詰めた緊張感が全身を覆《おお》い、寒気がするほどだった。

だが素直に答えるつもりなどなかった私は、

「あの仕事？」

完全にとぼける作戦に出た。

もちろん腕は掴まれたままだ。

すると、頭上でフッとほくそ笑むような声が聞こえた。

「バレてないと思ってるのか？　ジュリちゃん」

やっぱりバレてる。

鼓動が激しくなって、思わず唾を呑み込んだ。

どうしよう。

私が凛の替え玉を務めたことは秘密だ。あれは私じゃなくて妹です、と言い逃れをすることはできない。しらを切り続けるしかない。

「あの……ジュリってなんですか？」

「……とぼけても無駄だ。君がどんなにメイクで誤魔化したとしても俺には通用しない」

先生の声に怒りを感じる。

なぜ？　どうして私にそんなふうに怒りをぶつけるの？

私がホステスをしていることが、病院の格を下げているってこと？

それとも私があの場にいたから？

私に接客されたことが腹立たしかったってこと？

あの日は凛の代わりに行っただけだし……それに副業が禁止だとは聞いていない。

私のことを気に入っていないのは知っている。だけどこれは完全にプライベートなことで、たとえ私が副業をしていたからといって、先生に迷惑をかけた覚えなどないし、ここまで睨まれる謂《いわ》れもない。

その時、先生の電話が鳴った。

と同時に掴まれていた腕が離れた。

この隙《すき》を狙って逃げることもできた。

だけど今逃げたって、次に会った時また追及されるのも嫌で、私は先生の電話が終わるのを待った。

先生は電話を終えると私に向き直り、距離を縮めた。

だけど今度は腕を掴まれなかった。

きっと私が逃げないと思ったからだろう。

だが先生の表情はさらに険しさを増していた。

「どうしてあの店で働いているんだ」

どうしたらいいの？

そもそも私はピンチヒッターで、本来は妹の凛が勤めているんだって。

でもなんかすごく侮辱《ぶじょく》されているみたいで嫌な気分だ。

こちらの事情も知らないで、一方的に非難してくるなんて。

頑張っている凛に対しても失礼だ。

そもそも凛だって、好きで働いているわけではない。

全ては、

「借金返済のためです」

勢いで、しかも肝心な説明もしないまま、結論だけを述べてしまった。とはいえ後の祭り。

「借金？」

先生の声のトーンがほんの少し柔らかくなった。

「家庭の事情があって借金返済のために……」

「借金はいくらあるんだ」

「どうしてそんなことを。プライベートなことなので……」

私は口を固く結んだ。

だけど先生は引き下がる気配などなく、

「いいからいくらあるんだ」

と再度私に尋ねた。

これ正直に言うべきなのだろうか……。

金額を言えば許してくれる？

いや許すも許さないも、そもそも先生に許可を取る必要もないような。

だけど普段は温厚《おんこう》で、人を思う優しい先生だ。

正直に答えたら、それなら仕方がないな、無理はするなよって感じで話は終わるかもしれない。

それに賭けてみよう。

「五、五百万円です」

正直に言った。

きっと驚くだろうと思っていたのだけど……。

「その借金がなくなれば、あの店で働く必要はないんだな？」

あれ？

私の予想とは大きくかけ離れた言葉が返ってきた。

「もちろんそうですが……」

「わかった。じゃあその借金、俺が肩代わりする」

「……」

あまりにも突拍子《とっぴょうし》もない言葉に、私はぽかんと口を開けたまま声を発することもできない。

先生は一体何を言っているのだろう？

普段私に厳しく、会話もまともにしたことのない人の言葉とは思えない。

まさか夢でも見てるの？

嬉しいなんて思えない。それよりも全く理解できない。

私のこと苦手というか嫌いなはずなのに……。

「あの……何をおっしゃっているんですか?」

「聞こえなかったのならもう一度言う。俺がその借金を肩代わりしてやる」

「い、いえいえ、先生に借金の肩代わりをしてもらう理由もないですし」

私の足が一歩後ろに下がる。

本当に悪い冗談じゃないかしら。

そんな気持ちだった。

だけど追い打ちをかけるように、先生は不穏《ふおん》なことを口にした。

「もちろん、タダで肩代わりをするつもりなんかない」

「で、ですよね」

すると、先生は私との距離を詰めた。

そしてまっすぐ私の目を見てこう言った。

「俺の結婚相手になってくれ」

3　愛のない結婚

人生で何度も訪れることなどないであろうプロポーズ。

夜景の綺麗なレストランで、指輪と一緒に「結婚してください」。

それが私のプロポーズに対するイメージだった。

それなのにムードのかけらもなく、帰り際の階段の踊り場で、軽く睨まれながら結婚相手になれって……どういうこと？

「はい？」

階段の踊り場に響くすっとんきょうな私の声。

そんな反応を冷ややかな目で見ている宇喜田先生。

なんで私が先生にプロポーズされてるの？

いやいやその前に、どうしてこんな展開になる？

おかしいよね？

仕事帰りに呼び止められ、ホステスをやっていることを咎《とが》められ、借金があるからと反論したら、借金を肩代わりするから結婚相手になってくれだなんて。

どう考えてもおかしすぎる。

こんなの絶対ありえない。

そもそも先生は普段から私にだけ厳しい。

それは周りの看護師や、患者さんも認識している。

そんな人がこんなこと……冗談にしても、突拍子もなさすぎて悪意すら感じる。

「冗談ですよね」

念のために確認してみた。

しかし先生は真顔で首を振り、

「なんで冗談でこんなことが言えるんだ」

と鋭い視線を投げかけた。

プロポーズってこんな怒られて睨まれるもの？

「あの……なんで私を結婚相手に選ぶんですか？　こんな借金まみれで……」

私のこと嫌いなんでしょう？　と言いたいのをグッと堪《こら》えた。

だって嫌味たっぷりな感じで嫌いと言われたら、わかっていてもそれはそれで傷つくから。

「言っておくが、恋愛感情はない。ただ俺もそうしないといけない理由があるからだ」

恋愛感情がないって……それは口に出さなくても日頃の態度で十分わかっている。

でも、私の借金を肩代わりしてでも結婚しなきゃならない理由って……。

──あっ。

そういえば佐藤様が言っていた。

先生には片想いだけど思いを寄せている人がいる。

だけど縁談を断り続けている宇喜田先生に対し、院長先生の堪忍袋《かんにんぶくろ》の緒《お》が切れて、次に縁談が来た場合は必ず受け入れなくてはならないことになった。

たぶん、それを回避するためには結婚相手を自力で見つけてご両親に報告するのが一番だと先生は考えたのだろう。

とはいえ好きな人とは片想い中。たとえ告白してうまくいったとしても、即日結婚というのはかなり厳しい。

ここに至ってようやく話の道筋が見えてきた。

ってことは、私は先生が本命と結婚するまでの繋ぎ要員ってこと？

「で？　返事は？」

「はい？」

「だから結婚してくれるのかどうなんだ？　条件としては悪くないと思うが」

私の描いていたプロポーズのイメージが雪崩《なだれ》のように崩れた。

でも先生の言うとおり条件としては悪くない。

だって残りの借金を清算したら、今までできなかったことができる。

例えば凛の渡米。

私が結婚して先生が残りの借金を肩代わりしてくれたら、凛はアメリカに行ける。

とはいえ、結婚というのは安易に決めるべきものではないとも思う。

古風な考え方かもしれないけど、結婚は一生に一度のもの。

たとえ借金がなくなるといっても、お互い恋愛感情もなければ、そもそも先生のことを何も知らない。

それどころか私は先生が苦手だし、先生だってその気持ちは同じだろう。

それでも結婚しなきゃならないほど、先生のほうでは切羽詰《せっぱつ》まっているということなのだろうか。

だけど私のほうはすぐに決められるわけがない。

「少し考えさせていただけないでしょうか」

「俺は君にチャンスを与えてやってるんだ。今掴まなければ二度目のチャンスはないぞ」

即答しないことに苛立《いらだ》っている様子。

だけど私の気持ちは変わらない。

「確かに条件は申し分ないです。でも考える時間ぐらいもらえないですか？」

「わかった。一週間だけ待とう」

「……そうしてください」

そう答えると、先生は時計を見て、

「悪いが、さっき呼び出しがあったから失礼する。お疲れ様」

と言って階段を駆け上がって行った。

残された私は全身の力が抜けて、地べたに座り込んでしまいそうになった。

──私が宇喜田先生と結婚？

何かの冗談よね？　もう、わけがわからない。

帰宅すると、そのままベッドにダイブした。

頭が混乱して正直何も考えたくなかった。

返事は一週間後。

結局睡魔が襲ってきて、目を覚ましたのは十四時を過ぎた頃だった。
遅い昼食をとって、お風呂に入ったらもう出勤時間。
でも私にはバタバタしているぐらいがちょうどよかった。
頭の中は現実逃避中なのだ。
まだ返事するまで時間はある。
でもやっぱり何も考えたくないような気がして……。

今日の勤務は準夜勤。
いつも消灯まで結構バタバタしているのだけど、今日の私はその忙しさがほしかった。
忙しいほうが何も考えなくていいから。
だから普段に増してフットワークは軽かった。
ナースコールが鳴れば、
「私が行きまーす」
と率先して動いた。
だが、そんな私を不審がる人がいた。

「今日はいつにもまして機敏《きびん》だね」

休憩時間に入るなり和葉が、詰め寄ってきた。

「え？　いつもどおりだよ？」

「私の目は誤魔化せないよ」

鋭いツッコミにたじろぐが、まだ和葉に例のことは話せない。

もう少し気持ちを整理してからじゃないと……。

「実はね、夜勤上がりに和葉と別れたでしょ？　あの後、もう少しで病院を出るってところで宇喜田先生とばったり」

「え？　そうだったの。ごめん、私がスマホを置き忘れたばかりに」

「ううん、いいの。でもあんなに用心してたのに階段で会っちゃって……そのモヤモヤを仕事にぶつけていたの」

無理があるかと思ったが、和葉は納得してくれた。

休憩から戻るとナースステーションで宇喜田先生が看護師長と真剣に話をしていた。

反射的に視線を落とし、宇喜田先生との距離をとる。

「あれ？　宇喜田先生って当直じゃないよね？」

和葉が話しかけてきた。

「師長と話しているから、なんかあったんじゃない？」

と答えながらも内心は、なんでここにいるの？　という気持ちだった。

できることならしばらく顔を合わせたくない。

階段の踊り場での出来事を思い出してしまうから。

私は、先生から逃げるように患者さんの点滴準備を始めた。

しばらくすると、

「先生、ありがとうございました」

「いいよ。また何かあったら遠慮せずに連絡ください」

という会話が聞こえてきた。

それで、先生は呼び出しがあってここに来たのだと知った。

「お疲れ様です」

師長をはじめ他の看護師たちに挨拶する声は相変わらず優しい。

そんな人が鋭い眼差《まなざ》しで、愛情のかけらも感じさせずに結婚相手になってくれと言った人と同一人物だと思えない。

どちらが本当の宇喜田先生なのだろう。

そんなことを思っていた時だった。

「田辺さん、お疲れ様です」

声の主は宇喜田先生だった。

「お、お疲れさ……まです」

突然宇喜田先生に声をかけられ、驚いた私の声は裏返っていた。

だがびっくりしたのはそれだけではない。先生の声が今までになく優しい声だったのだ。

そんな私の反応が面白かったのか、先生がくすくす笑い出した。

「そんなに驚かなくてもいいのに……じゃあ」

そう言ってナースステーションを後にした。

私も驚いたけれど、先生の一連の行動に驚いたのは私だけではなかった。

「ちょっと、先生どうしちゃったの？」

「いつも田辺さんには厳しい宇喜田先生が……笑ってたよね」

その場にいた看護師たちが私に詰め寄ってきた。

「田辺さん、先生と何かあった？」

私は全力で首を横に振った。

「こ、こっちが聞きたいです」

一体どういうこと？

今まで挨拶さえぎこちなかった先生が、突然みんなと同じように話すなんて。

まさかプロポーズをＯＫさせるための雰囲気作り？

「よっぽど機嫌がよかったんじゃないですか？」

そう答えたのは和葉だった。

たぶん和葉も驚いていたと思うが、場を収めるためにあえてそう言ったのだろう。

それまで厳しかった先生が急に優しくなるのは違和感しかない。

本当に一体何を考えているのだろう。

結局この日はずっとモヤモヤした一日だった。


翌日から二日間の休み。

普段なら動画や映画を楽しんでいるのだが、今日はそういう気分にはなれず、ほとんど寝ていた。

これも一種の現実逃避なのかもしれない。

私が宇喜田先生と結婚？

何度考えても想像がつかない。

そもそも宇喜田先生と結婚なんて今まで一度も考えたことがなかったし、想像したことすらなかった。

それに結婚そのものが私には縁がないものだと思っていた。

十代の後半から私の人生につきまとっていたのは借金だった。

借金がなくならない限り明るい未来はやってこないと思っていた。

「五百万か……」

天井を見上げポツリと呟《つぶや》いた。

家族全員で力を合わせ返済していけばあと数年で完済できる額だ。

でもプロポーズを受けたら即完済できる。

何より借金がなければ凛の夢も叶う。こんなチャンスがまたいつあるかわからないし、もしかしたらもうないかもしれない。

だけど私が先生の申し出を断れば、おそらく凛は借金を理由に今回も渡米を断念するだろう。

過去に借金のため一度は諦めた渡米。そのチャンスが再び訪れたのは奇跡に近い。

もしかすると、神様が仕組んだのかもしれない。

私がピンチヒッターで凛の代わりにお店に出たことも、そのお客が宇喜田先生だったことも……。

全て凛をアメリカに行かせるためだったのかもしれないと思ってしまったのだ。

だけど気持ちがモヤモヤしているのは、宇喜田先生との結婚生活が自分の幸せに繋がるとは決して思えないからだ。

お金のために結婚すると割り切れれば楽なのかもしれない。

だけど、今まで先生を見てきて相性がいいとは思えない。

そもそも先生は私のことなんて好きじゃないはず。

事情を理解していて、好きな人と一緒になるために別れても差支えがない人物というだけ。

離婚の慰謝料《いしゃりょう》を払う代わりに、事前に借金の肩代わりをするという考えなのかもしれない。

私は凛の夢と借金完済のため。先生は本当に好きな人と幸せになるため。

でも本当にそれでいいのだろうか。みんなが幸せになれるのだろうか。

何が正しいのだろう。

でももう一人の私が、あなただって本当は借金を完済して楽になりたいと思ってるんでしょうと言っている。

否定はできなかった。

高校生の時に突然多額の借金が我が家を襲い、生活が一変した。

借金さえなければ、もっと違う人生が待っていたのかもしれないと何度も思った。

結局凛のためと言いながら、私自身も楽になりたかったんだろう。

きっとこの結婚はそんなに長くは続かないと思う。

だって私たちは誰よりも相性がよくないし、恋愛感情の全くない二人の結婚生活が楽しくなるとは到底《とうてい》思えない。

その瞬間私は腹を決めた。

そして勢いよくベッドから起き上がると、ある人に時間を作ってほしいと連絡をした。


翌日。

「いらっしゃーい、どうぞ入って」

「お邪魔します」

私が連絡した相手は雪絵ママだった。

五百万円を肩代わりしてもらう代わりに結婚すると決めたが、そのことを凛に正直に話せば許してくれないだろうし、渡米もしないだろう。

だからといって、結婚することを内緒にして、後は私がなんとかして完済すると言ったところで、凛がアメリカに行くとは思えない。

全ては凛が納得できる形にしなければいけないのだ。

となると協力者が必要になるのだけれど、両親に今回のことを話したらそれこそ反対される。

やっぱり雪絵ママしかいないと思ったのだ。

都内の高級住宅街の中に雪絵ママのご自宅はある。

手土産に最近話題になっているベーカリーショップのパンを手渡すと、とても喜んでくれた。雪絵ママはとても忙しい方で、この後も用事があるとのことだったので、世間話もそこそこに本題に入った。

私がピンチヒッターで凛の代わりにお店に出た時に来た宇喜田先生から、残りの借金を返済する代わりに、結婚相手になってほしいと言われたことを話した。

雪絵ママは、目を見開き驚いた。

私は、その申し出を受けるつもりだということも話した。

「アズは彼のことが好きなの？」

私は首を横に振った。

「じゃあ彼が一方的にアズのことを――」

「それも違います。お互いに恋愛感情はありません。ただ先生には結婚しなければならない理由があるみたいなんです」

「……そう。で？　ただ結婚の報告に来たわけではないわよね」

私は凛が有名な振付師からアメリカに来ないかと言われていることを話した。

どうやら凛はまだ雪絵ママに話していないようで、

「え？　そうなの？」

とかなり驚いていた。

でも、凛が過去にチャンスを蹴《け》ったことは、雪絵ママは知っていた。

過去に雪絵ママは凛に、借金の一部を立て替えてあげるからアメリカに行きなさいと言ってくれたことがあるのだ。

ただその時は今よりも借金の額が多く、雪絵ママに迷惑をかけられないと断らざるを得なかった。だから今回のことは、雪絵ママにお願いしたかったのだ。

「雪絵ママに話していないのは、まだ決めかねているというか、やっぱり借金のこともあるし断るつもりでいるからではと思ってて。でもこんなチャンス二度とないと思うんです」

「そうよね」

雪絵ママは深く頷いた。

「借金さえなければあの子は行くと思うんです。でも私が急に借金を全額返済となれば何かあると気づかれると思うので……」

「話せないわよね」

私は大きく頷いた。

「そこで雪絵ママにお願いがあるんです」

私は姿勢を正し、頭を下げた。

「残りの借金については雪絵ママがなんとかするからアメリカに行くようにと言ってもらえませんか？」

「私が言って説得力があるのかしら……」

「もちろん私も説得します。妹が心配しているのは借金のことだけです。私がなんとかすると言うよりも雪絵ママのほうが絶対いいと思います」

「そうね～……。わかったわ。私に任せて」

「ありがとうございます」

「でも本当にその結婚大丈夫？」

「……はい」

正直なことを言えば全く大丈夫じゃない。

不安しかない。

でもこの選択が皆のためになるということだけは間違ってないはずだと思う。

すると、雪絵ママが何かを思い出したのか、あっ！　と声を上げた。

「どうしました？」

「そういえば、来たのよ」

「え？」

「その宇喜田先生よ」

「ええぇ？」

「でもね、その日ジュリは同伴だったから、ちょっと遅かったのよ。そのことを言ったら出直しますって言って帰られたんだけどね」

なんで店に？

でももし本物のジュリに会ってたら、もしかしたら嘘がバレて結婚の話はなくなっていたかもしれない。危なかった。

やっぱりこれは神様が仕組んだことなのかもしれない。


その後、雪絵ママはやることが早かった。

夜中に電話が鳴った。相手は凛だ。

「もしもし？」

『私、アメリカ行くことにしたの』

「え？」

正直こんなにスムーズに話が進むとは思っていなかった私は、すっとんきょうな声を出してしまった。

凛の笑い声が聞こえた。

『なんて声出してるの。そもそも唯が掛け合ったんでしょ？』

掛け合った？

「雪絵ママはなんて？」

『唯から相談を受けたって。私をアメリカに行かせたいけど借金のことがあるからって』

そういうことになってたんだ。まあ間違ってはいない。

「そ、そう。差し出がましいことをして凛には悪いと思ったけど、どうしてもこのチャンスを逃してほしくなかったから」

『ありがとう。ママが借金全額じゃないけど払ってくれるって言ってくれたの。もちろん最初は断ったよ。ママに迷惑かけてしまうし……。そしたら出世払いでいいからって』

雪絵ママがうまく話してくれたんだとわかった。

「よかったじゃない。そもそも凛は私よりも多く支払ってくれてたんだから、後は私たちに任せて」

『本当にいいの？』

「当たり前よ。その代わり有名になってね」

『うん』

凛の嬉しそうな声を聞いて、私も安堵《あんど》した。

さあ、次は私のターンだ。

約束の日が来た。

「先生、ちょっとよろしいですか？」

「ん？　何？」

あれ？　また話し方が元に戻っている。でも今はそれよりも大事なことがある。

「例の件ですが……お受けいたします」

「え？」

先生の顔が一瞬緩んだように見えたが気のせいだろう。

「ですから例の――」

「二度も言わなくても聞こえてる」

「そ。そうですか」

「となるとこれから忙しく――」

「すみません」

「なんだ？」

「結婚はします。ただ準備に少しお時間をいただけませんか」

先生は露骨《ろこつ》に不機嫌な顔をし、

「え？　なんでだ」

と吐き捨てた。

これがもうすぐ妻になる人を見る目なの？　と言いたくなる。

確かに私も先生のことは好きではない。でもわざと冷たくしたことはないし、こんな目で見たこともないと思う。

それとも私も自分では気づかないうちに先生をそういう目で見ていたりしていたのだろうか？

他人のふり見て我がふり直せってことかな。気をつけないと。

「先日お店に来ていただいたと雪絵ママから聞きました。ちょうどその日は同伴出勤で……」

すると先生の顔が赤くなった。

え？　先生ってこんな顔するの？

初めて見る先生の恥じらう姿に、ちょっと可愛いかもと思ってしまった。

「た、たまたま近くにいたからだ、理由はない」

少し焦ったように返事が返ってきた。

「そうだったんですか。それでお願いしたいのですが、お店のほうへは来ないでいただきたいんです」

先生は私が借金返済のため会員制高級クラブで働いていると思っている。

そんな私に対し、借金を肩代わりする代わりに店を辞め、自分と結婚しろと言った。

でも実際に働いているのは私ではなく妹の凛。

万一そのことがバレたら、結婚の話とともに借金を肩代わりするという話までなくなってしまう。

そうなると凛のアメリカ行きもなくなる可能性が出てくる。

先生が一人で来店したことは雪絵ママから聞いた。

その日は偶然にも凛は同伴出勤で不在だったので凛と先生が会うことはなかったが、再び店に行くようなことがあってはならない。

凛と先生を会わせるわけにはいかないのだ。

先生が露骨に表情を曇らせた。

「変な意味にとらないでください。私もこの仕事を長く続けています。たくさんのご贔屓《ひいき》客もいらっしゃるため、辞めるとなるとご挨拶があったり……そうなると、先生がお店にいらしてもお時間が取れないかもしれないということです」

「そういうことか……大丈夫だ。店には行かないよ」

その言葉を聞いて私はほっとした。

もちろん私が言ったことは間違いではない。凛がお店を辞めるとなると、来てくださるお客様は多いだろう。

だがそれは言い訳で、私としては先生と凛が会うことが一番危険で阻止したいことなのだ。

「他に言いたいことは？」

「ありません」

「じゃあ、何かあればこちらから連絡するから連絡先を教えてくれ」

「は、はい」

私はポケットからメモ用紙を取り出すと、連絡先を書いて先生に渡した。

先生はそのメモを胸ポケットに入れると、私に連絡先を教えてくれることもなくその場を去った。

残りの借金を全て払ってくれるんだから、それ以上のことを望むことは贅沢だ。

でもこんな私たちがちゃんと夫婦として成り立つのだろうか。

不安しかない。

4　想定外の新婚生活

「これはいるの？」

「いるけど持ってかない」

私は手に持った雑貨類を箱に詰めた。

プロポーズの返事をしてから二週間が経った。

雪絵ママの後押しもあり、凛は来週アメリカへ発《た》つことに決まった。

今日はそんな凛の引っ越し作業のお手伝いに来ている。

向こうのスタッフが住む部屋を用意してくれたのだが、しばらくはチームメイトとルームシェアとのこと。

必要最低限の荷物を先に送るため、凛は仕事の合間を縫って梱包《こんぽう》作業を進めている。

私はそれ以外の、一旦実家に送るものの梱包に追われていた。

そして凛の住んでいるアパートも明後日引き払うが、日本を発つ前日は私の部屋に泊まり、それ以外は実家で過ごすことになっている。

この部屋は凛が二十三歳の時から借りている。

それまでは実家暮らしだった。

その頃は私も同じ店でホステスのアルバイトをしていたので、遅くなれば二人でタクシーに乗って帰っていたけど、元々実家から店まで距離があり、何度も終電を逃してタクシーで帰ることが増えた。

そんな時に私が就職して病院の社宅に住むようになったため、凛も一人暮らしを始めることを決めた。

1LDKで築年数が古いのと、オーナーが父の友人だったため格安で借りることができたのだ。

でもおしゃれな部屋というより、今風の言い方をするとミニマリストというのだろうか。あまり物を持たない暮らしをしていた。

大きな家に暮らしていた頃の凛はとにかく可愛いものが大好きで、部屋の中は可愛いもので埋め尽くされており、この部屋とは真逆だった。

きっと早く借金を返済して、自分の夢を叶えたかったのだろう。

そんな思いがこの部屋を見ると感じられるのだ。

やっぱり私の選択は正しかったのだと思う。

「唯、このトースターいるならあげるよ」

そう言って凛がキッチンから持ってきたものは、未使用に近い高級なスチームオーブントースターだった。

実は私も同じ型のトースターを地元のお店で見かけて、ほしいと思っていたのだ。

「これどうしたの？」

「お店の新年会のビンゴ大会で当てたんだけど、私使わないからさ」

「本当にいいの？」

「いらないならお母さんに――」

「ほしいほしい。ちょうだい」

実は前から狙ってたんだけど、値段が折り合わなくて手が出せなかった。

結婚して使うかどうかはわからないが棚ぼただ。

そして凛のホステスとしての仕事のほうも、残すところあと五日となった。

凛は最後の出勤の翌日にはアメリカに行ってしまう。

あれから先生は私との約束をちゃんと守ってくれているようで、お店に来ることはなかった。

「かんぱ〜い」

凛がお客さんからいただいた高級ワインで乾杯した。

こうやって二人で飲むのって本当に久しぶりだ。

だけど、次はいつ会えるだろうと思うと寂しさが込み上げてきた。

進む道は違ったけど、いつも私たちは一緒だった。生まれた時はもちろんのこと、遊ぶ時も、寝る時も。

同じ時に生まれ、そっくりな二人。

だからこそ手に取るようにわかる。

凛がどれだけ頑張ってきたのかを……。

「なんだかまだ夢を見ているみたいなんだよね。雪絵ママの後押しがなければ断っていたから……」

「雪絵ママは凛のことを一番に考えていてくれていたからね」

「向こうで絶対に成功して雪絵ママに恩返ししなくちゃ」

凛の気持ちがちゃんと前に向かっていることに私は安堵した。

「そうだよ。絶対に成功してよ」

「うん」

凛は大きくガッツポーズを見せると、もう一度乾杯をした。

凛がアメリカへと旅立つと同時に私の結婚が動き出した。

でも私の中ではこの結婚に対して大きな不安が三つある。

まず一つ目は、そもそも相性の悪そうな先生との結婚生活が成り立つのだろうかということ。

二つ目は、絶大なる人気を誇る宇喜田先生が、私と結婚すると知った時の周りの反応だ。

私の予想では、祝福ムードなど皆無《かいむ》で、
私たちの宇喜田先生をなんで田辺さんが？

全くつり合わない。宇喜田先生の趣味を疑うわ。

この結婚絶対認めないから！

そんな言葉が陰で飛び交ったりして想像しただけで寒気がする。

その空気に自分が耐えられるか自信がない。

しかももし実際にあんなことやこんなことを言われても、先生が私を庇《かば》ってくれると思えないのだ。

そして三つ目。

これが最も不安なことで、先生のご両親すなわち当病院の院長先生夫婦のお気持ちだ。

院長とは、宇喜田先生がまだアメリカにいた頃にお会いしたことがある。

正確にいえば、看護師として初めて配属された場所が整形外科病棟で、そこでお会いしたのだった。

当時はまだ新人だったので、いつもあたふたしていた。

そんな時、整形外科医の院長先生が、

「スピードも大事だけど、焦っちゃダメだよ。それと笑顔を忘れずに」

と声をかけてくれたことがあった。

そのうち、

「田辺くん頑張ってるね」

名前も覚えてくれるようになった。

その一年後に今の外科病棟に異動になり、それ以来直接お話しする機会はない。

随分前のことだし、院長先生が私のことを覚えているのかもわからないけれど。

いずれにしても、いくら先生が私と結婚すると言ったところで、院長先生がそれを許してくれなければ結婚はできない。

そうなれば先生は意中の人と結婚できず、条件である借金の返済もなかったことになってしまう。

それは回避したいというのが率直な気持ち。

恋愛感情はないけれどこの結婚は前に進めなければならない。

その最初のミッションは先生のご両親への挨拶だった。

先生的には、

「おそらく両親は許してれるだろう」

だそうで、不安を和《やわ》らげようとして言ってくれたのかもしれないが、やはり緊張する。

だけどその反面、先生の私に対する態度が優しくなっていることに気づいた。

声のトーンや、私を見る目も柔らかくなったような気がして、時々ドキッとしてしまう場面もある。

そんな先生に戸惑うことも……。

そんな私を察してか、

「心配するな。なんとしても君との結婚を許してもらわないと俺も困るから、全て任せておけ」

と言った。

私の場合は好きだから結婚するとかじゃなく、全ては借金返済のため。

先生の言う、なんとしてもという切実な思いはやはり、心の底から好きな人と結婚したいからなのだろうか。

その人とうまくいけば私は晴れて無罪放免。

でも、もし離婚となったら、この病院で働けなくなるのだろうか。

もしそうなったら先生は私の新しい職場を見つけてくれたりするだろうか。

ともあれ、借金を全額返済してもらうためには、私もご両親に嫌われないようにしなくては。

ところが私の心配は大きく裏切られるのだった。

口から内臓が出るのではと思うほど緊張して臨《のぞ》んだ挨拶当日。

それは病院の休診日である日曜日に行われた。

病院の隣にあるコンビニエンスストアで待ち合わせをしていると、白い車が目の前で止まった。

「おはようございます」

「おはよう」

先生は車から降りると、私の服装をチェックするようにじーっと見つめた。

粗相のないように服装にも気を遣《つか》った。ネットでいろいろと調べ、選んだ服は紺色の膝丈《ひざたけ》のワンピース。

「だ、ダメですか？」

ダメと言われても、これしか持っていないからどうにもならない。

「まあ……いいんじゃない？」

すごくいいってわけではないが、悪くもないといった感じだろうか。

どちらにせよ合格点をもらえたようでほっとした。

助手席に座るよう促され、車に乗ると先生のご両親が住んでいるお宅へ向かった。

ご自宅は高級住宅街といわれるところで、私が子供の頃住んでいたところに似ている。右も左も豪邸ばかりで不安が押し寄せる。

「どうかしたか？」

そう聞かれたところをみると、私の緊張が先生にも伝わったのだろうか。

「緊張してきちゃって……」

「大丈夫。俺に任せて」

「あっ……はい」

その声は、不安を感じている入院患者さんに言葉をかける時の優しい声と同じだった。

先生の声を聞くと不安が和らぐとみんな言う。

私の場合、ことあるごとに指導が入るからこういう経験は稀だけど、今日の先生の言葉に、私はちょっとだけ不安が解消されたような気がした。

塀に囲まれたお屋敷の横には屋根付きの大きな駐車場があり、国内外の高級車が三台並んでいる。

その横に先生が車を停めた。

車を降りると後ろのほうにあるドアから中に入る。

もちろんそこは玄関ではない。そこから十五メートルほど先にご自宅があるのだ。

大手ハウスメーカーのコマーシャルに出てきそうな、おしゃれな二階建ての大きなお屋敷が目に入ると再び緊張が走る。

「先生もこちらにお住まいなんですか？」

「いや、俺は病院近くのマンションに住んでる」

「はあ」

婚約者として当然知っているはずのことも知らないのに結婚なんて。

理由はどうあれ、結婚相手が私って本当にありなのかとさらに不安が増し、私は足を止めた。

「先生」

私は前を歩く先生を呼び止めた。

「何？」

「本当に……私でいいんですか？」

すると露骨に呆《あき》れ顔の先生。

「今頃何を言うかと思えば」

「だって……付き合ってもいないのに結婚相手としてご両親にご挨拶できる自信がありません……本当にうまくいくんでしょうか？」

私としても、借金完済という大きなミッションをなんとかクリアしたい。

でも、院長としては将来を見据えて息子をステータスの高い女性と結婚させたいだろう。

さっきは先生の声に癒されたけど、玄関が近づくにつれ不安で頭が真っ白になって歩き方もぎこちなくなってきた。

「そんなに心配しなくていい。勝算しかないから。ほら行くぞ？」

どうしたらそんな自信が持てるのだろう。

先生は勝算って言うけど、私的には惨敗《ざんぱい》のような気がしてならなかった。


「ただいま」

先生がドアを開けると、いつからいたのだろう、先生のお母様が待ち構えていた。

「いらっしゃい。よく来てくれたわね。待ってたわよ」

初めて見る先生のお母様は着物の似合う綺麗な人で、とても明るく刺々しさのない方というのが第一印象だった。

そんなお母様に、

「なんで着物なんだよ」

と怪訝《けげん》そうな先生。

「だって〜なんかこういう時って着物かなって思っちゃって。似合わない？　やっぱり平服に着替えようかしら」

「もういいから」

私のイメージしていた感じと違うというか、お母様って天然？

はからずも二人の会話でちょっと落ち着いてしまった。

でも今は私の第一印象が大事だ。

「本日は――」

「挨拶は後で後で。とにかく上がってちょうだい」

「お、お邪魔します」

家に上がると、私は持参した手土産をお母様に手渡した。

「まあ、ご丁寧に。廉斗、リビングにお父さんいるから」

「ああ」

リビングに入ると、まず目に入ったのは大きな窓だった。

そこから見えるイングリッシュガーデンに驚いた。

色とりどりの草花が咲き誇り、オベリスクには可愛らしい小さなバラの花が咲いている。

手入れも行き届いていた。

実は私の母もガーデニングが好きで、昔住んでいた家の庭を思い出したのだ。

リビングそのものもとても広く、壁の飾り棚にはお母様の趣味だろうか、可愛い小物が飾られていた。

そして何人座れるのだろうと思うぐらいの大きなソファ。

そこで院長がくつろいでいた。

「父さん、約束どおり彼女を連れてきました」

先生が院長に話しかけると、院長は姿勢を正し私を見た。

一礼し、顔を上げる。

院長は私を見て怪訝そうな顔をした。

「あれ？　君は確か……」

「はい。田辺唯です」

「思い出した。整形にいた田辺くんだね」

「ご無沙汰しております」

すると先生は驚いた様子で私と院長先生の顔を交互に見た。

「え？　二人は知り合いだったのか？」

「最初に配属されたのが整形外科病棟だったので」

そう答えると、先生は納得したものの驚いたままだった。

院長先生の表情も少し柔らかくなり、

「廉斗が言っていた恋人というのがまさか君だったとは！　さあ座りなさい」

とソファに座るよう促した。

「え？　あっ、はい」

院長先生と顔見知りだとしても結婚となると話は別。

ちゃんと挨拶をしようと昨夜は何度も練習したのに、その成果を見せる機会はなかった。

なんだか自分が予想していた展開とは全然違うのでは？　と少し安心したのも束の間、

「で？　廉斗は田辺さんと結婚したいということなんだな？」

院長の口調が硬くなる。

「はい」

「まさか縁談を断るために、彼女を利用しているってことはないな？」

なんだか見透かされているようで、話を聞いている私のほうがドキドキしてしまう。

先生はなんて答えるんだろう。

最悪全てがバレて、借金返済の件はもちろん、仕事まで失うってことにならない？

ドキドキしながら先生の言葉を待っていた。

「父さん、そんな言い方は彼女に失礼でしょう。前にも言ったと思うけど、今まで縁談をお断りしていたのは好きな女性がいたからです。その女性というのが彼女です」

「本当なんだね？」

院長は、先生にではなく私に尋ねた。

確かに先生の言っていることは事実だ。

だけどその相手は私ではない。

でもここまで先生が堂々と言い切るのなら、私も合わせなければならない。

「はい」

はっきりと答えた。

でも院長はまだ完全に信じていいようには思えなかったようで、

「二人が付き合っていればどこかから噂の一つや二つ耳に入ってくるものだろうが、そういったことは一切なかったが？」

とこぼしている。

確かに院長の言うとおりだ。

「何を言っているんですか、噂になるとお互い仕事に支障《ししょう》をきたすから、絶対にバレないようにしていたんだ。彼女に対しては他の人たちよりも特に厳しく接していたくらいです」

先生の言葉に私は驚いた。

まさか私へのいつもの態度をうまく利用するなんて……だから自信があったの？

「お父さん、もうその辺になさったら？　お茶が入りましたよ」

キッチンにいたお母様が紅茶を持ってきた。

「だがな、母さん」

「あら、お父さんはご自分のことをお忘れになったのかしら？」

お母様は院長を黙らせるようにピシャリと言い切った。

それを見て先生が笑う。

どういうこと？

首を傾《かし》げる私に先生は、

「母も昔は看護師だったんだ」

と言ってニコッと笑った。

もしかして先生が言っていた「勝算」というのは、ご両親も医師と看護師だから反対できないだろうという意味だった？

「私はお似合いだと思うわ。そもそも私たちが結婚する時、『親の決めた婚約者なんて関係ない、僕は彼女と以外結婚しない』って言ったことお忘れじゃないですよね？

息子にだけ結婚相手を親が選ぶのはフェアじゃないですよ」

「わ、わかっているよ。私が心配しているのは、ずっと縁談を断り続けていた廉斗が急に結婚相手ができたなんて言い出したから……」

院長の言葉に胸がズキッとした。

でも先生は動じない。

「このタイミングで彼女を連れてきて不審に思ったかもしれないけど、同じ病院に勤めてるから、付き合ってることはずっと内緒にしていました。急にというわけじゃない。だから俺の伴侶《はんりょ》は彼女以外考えられません」

「そういうことだったのか。まあそこまで言い切られたら反対も何もないだろう。唯さん」

「は、はい」

私は姿勢を正した。

「息子のことよろしく頼みます」

院長が頭を下げた。

「と、とんでもございません。私のほうこそ、不束者《ふつつかもの》ですがよろしくお願いいたします」

まさかこんなにスムーズにいくとは思ってもいなかった。

でも同時に小さな罪悪感も覚える。

院長も、お母様も素晴らしい方なのに、この二人を騙しているような気持ちになったからだ。

ううん、実際に騙している。

先生に対し、恋愛感情はゼロに等しいし、お金で繋がっているだけだ。

本当にこれでいいの？

心の中の私が問いかけているようだった。

そんな中、次は私の両親への挨拶ということになった。

事態を大きくしたくない私は、両親への挨拶はしなくていいと一度は断った。

だけど先生はそれを拒否。

「どんな理由であれ、君のご両親にご挨拶もせずに、無断で君と結婚はできない。お金のことは俺のほうでうまく説明するから安心しろ」

と言われたら、反論できなかった。

翌週の日曜日に、私たちは結婚の承諾を得るため実家へ向かった。

大事な話があるとだけ事前に伝えてあったが、それが結婚とは言っていなかった。

私が面識のない男の人と一緒にいることにさえ驚いているのに、先生と結婚をしたいと言ったら、

「け、結婚？」

鳩が豆鉄砲を喰らったような両親の顔。

こんなに驚く二人を見たのは初めてだった。

私の横で至って真面目だけどイケメンな先生が、

「娘さんを僕にください」

と頭を下げている。

両親が驚くのも、無理はない。

父は会うたびに、自分たちのことで苦労をかけて申し訳ないと言い、母はあんなことがなければきっと素敵な人を見つけて結婚していたかもしれないのに……と後悔の言葉ばかりだった。

そんな二人に私はいつも、結婚には興味はないし、二人は何も悪くないと明るく振る舞っていた。

そんな私が結婚相手を連れてきたら、驚くのは当たり前のこと。

しかもそのお相手が、私の勤める病院の跡取りとなればそれどころの騒ぎではない。

先生が挨拶しても信じがたいらしい母は、

「唯、本当なの？」

と確認するほどだった。

父はというと、借金のことを先生は知っているのか？　という目で私を見ている。

「本当です。なので宇喜田先生との結婚を許してほしくて……」

両親は顔を見合わせるとその視線を先生に向けた。

「こんな素晴らしいお話、私どもには勿体無いことですが、本当にいいんですか？　とても言いにくいことですが、実は我が家には借――」

「全て承知の上です」

先生は父の言葉を遮《さえぎ》り、キッパリと答えた。

「本当にうちの娘でいいんですか？」

母が改めて先生に尋ねた。

「唯さんがいいんです。どうか結婚をお許しください」

そして父は姿勢を正し、

「どうか娘のことをよろしくお願いします」

と頭を下げた。

その横で、母は頭を下げながら涙を拭っていた。

「泣いちゃってごめんなさい。私たちのせいでこの子には不自由な思いをさせてしまったから……だから本当に嬉しくって」

涙を流し喜ぶ母を見て、罪悪感を覚えずにはいられなかった。

だけど、もう後戻りもできない。

「絶対に唯さんを幸せにしますので、よろしくお願いします」

お互い忙しい身ということで先に入籍のみ済ませ、式に関してはこれから考えるということを伝えると、両親は自分たちは何もしてやれないからと全面的に受け入れてくれた。

ただ帰り際に、

「唯」

母が私を呼んだ。

「何？」

「あの子には結婚のこと話したの？」

あの子とは妹の凛のことだ。

「そのことなんだけど、まだあっちでの生活も落ち着いていないようだし、落ち着いた頃私が直接話をするからお母さんたちはまだ言わないで？」

勘のいい凛だから、アメリカに発った直後に私が結婚すると知ったら、何かあると思うに違いない。

それに先生にはまだ凛の存在を知られたくない。

「わかったわ。でも本当におめでとう」

「ありがとう」

両親に見送られ、実家を後にした。

「素敵なご両親だな」

先生がポツリと呟いたのを私は聞き逃さなかった。

「二人ともおっとりしてて、人を疑うことを知らない人なんです。だから借金背負っちゃったんですよね」

自虐的に答えると先生はクスッと笑った。

「そうかもしれないけど、俺は君のご両親好きだな」

言いながら先生は優しい笑みを浮かべ続けていた。

「……そうですか？」

私のことはなんとも思ってないのに……。

そう思いながらも私の口元は緩んでいた。

私はちょっと嬉しかったのだ。


数日後。

日勤を終え、更衣室で着替えていると先生からメールが届いた。

【明日、準夜勤だろ？　仕事の前に返済に行くから】

我が家の借金が全額返済される日がとうとうやってきたのだ。

翌日二人で借金の残金を一括返済した。

「ありがとうございます」

銀行を出ると私は深々と頭を下げた。

「そういう約束だったんだから、そんなに頭を下げないでくれ」

感謝してもしきれない。

先生のおかげで凛もアメリカに行けたようなものだ。

「じゃあ、残すは入籍だな」

先生がニヤリと笑った。

あっ、そうだった。

あまりの嬉しさに一瞬忘れていたが、これで私は本当に先生の奥さんになるんだと実感した。

だが、まだ大きな問題が一つ残っていた。

それは……。


「ということで、私ごとで申し訳ないのですが、このたび田辺唯さんと結婚することになりました」

私たちは職場結婚となる。

結婚するとなると、その報告が必要になるのだが、病院一のモテ男の妻になるのが私だとは誰も想像していなかったはずだ。犬猿の仲？　とも噂されるような二人だったから。

反乱でも起こるのでは？　と怯《おび》えていた。ところが、周りの反応は……。

最初、職場のみんなは鳩が豆鉄砲を喰らったように目をパチパチさせていた。

だけど、意外にも悔しがるとか妬《ねた》みをぶつけてくるような人はいなかった。

中には、

「もう、騙された。先生が田辺さんにだけ厳しくしていたのって、付き合っていることを悟られたくなかったからだったんですね」

と言ってくる看護師たちもいた。

「すまない。僕は不器用だから……」

なんて頭に手を当ててはにかむ先生。

でもみんな間違ってる。

私にだけ厳しかったのは、付き合っているのをカムフラージュするためとかじゃなくて本気だから。

と言いたい気持ちをグッと堪えた。

私と先生の結婚は瞬《また》く間に広まり、患者さんの耳にも入った。

何を言われるのだろうかと内心ビクビクしていたが、そのほとんどが祝福だった。

先生が私に厳しかったのは愛情の裏返しだと知ると、先生の評判はさらにアップ。

その中でも先生に告白したと言っていた野村さんは、もう退院していたが、外来の帰りにわざわざ私のいる病棟まで来てくれて、とても喜んでいた。

「生きているうちにこんなおめでたい話が聞けて、嬉しいよ」

「野村さん、怒ってないんですか?」

そう聞く私に野村さんは、満面の笑みを浮かべる。

「私にはわかっていたからね」

「え？」

何がわかっていたのか全くわからない。

「幸せになるんだよ」

「はい」

そう答えたものの、ここでもまた周りの人全てを騙しているような気持ちになって胸がズキズキと痛んだ。

だけど、さすがに和葉にだけは隠しきれなかった。


仕事が終わり、更衣室で着替えをしていると少し遅れて和葉が入ってきた。

そして私と目が合うなり、突進するような勢いで近づいてきた。

「ねえ！　何があったの？」

私にとって和葉は親友だ。

借金のことも、妹のこともなんでも知っている。

ただ、今回のことだけは話せずにいた。

結婚することを公《おおやけ》にする前に和葉に話す時間はいくらでもあった。

和葉にだけは話さなくちゃと何度も思っていたけど、いざ本人を目の前にすると言えなくて、今日に至ってしまった。

「黙っていてごめん」

「まさか凛ちゃんのピンチヒッターの件がバレて脅《おど》されて……結婚？」

和葉は、自分で言っておきながら驚愕《きょうがく》の表情で目を丸くし、口に手を当てた。

「ん～～ん。半分当たってる？」

「ちょ、ちょっと唯はそれでいいの？」

和葉は語気を強めながら詰め寄ってきた。

とはいえ更衣室には私たち以外の人もいたため、急いで着替えを済ませ病院を出ると、近くの公園へ向かった。

カフェでもよかったのだが、これから話すことは誰の耳にも入れたくなかった。

和葉はもう、聞きたくて聞きたくてうずうずしているようで、ベンチに座るなり話の続きを促した。

私は、嫌われることを覚悟して結婚までの経緯を話した。

和葉はずっと黙って聞いていたが、私が話を終えると、

「凛ちゃんの夢を叶えてあげたいっていう気持ちがこういうことになったんだね」

と大きなため息をついた。

「そうなのかな～。確かに凛のアメリカ行きの話がなければ断っていただろうし、本当は私ではなく妹が働いているって言えたんだけどね」

結婚ってもっとハッピーな気持ちになると思っていたけど、そういった気持ちは今のところ全くなかった。

そんな私の気持ちを読み取ったのか和葉は、

「本来ならおめでたいことなんだろうけどね……」

と言葉を濁した。

「だね」

「このこと凛ちゃんは？」

私は首を横に振った。

「だよね。このこと知ったら凛ちゃん激おこだよね」

私と和葉は凛が怒っている姿を想像して笑った。

「でもさ、唯は本当によかった？」

「わからない」

私は視線を落としながら首を横に振った。

「もしさ、唯が本当に結婚してよかったって思えるようになったら、その時にちゃんと祝福する」

私のことを本気で思ってくれているからこその言葉だと思った。

と同時に、和葉に本当のことを話せて気が楽になった。

「うん」


それから一週間後の大安吉日に、私は田辺唯から宇喜田唯になった。

だけど私たちの新婚生活の幕開けはもうちょっと先だった。

結婚式はもちろんのこと、住むところも決まっていないのに入籍からのスタート。

だから私たちが実際に夫婦として一緒に生活を始めたのは、なんと入籍から二ヶ月が経った頃だった。

急な入籍で、結婚の準備がほとんどできていなかったというのが理由だ。

そもそも私は借金を完済したことで気が楽になっていた。

そのため今まで住んでいた社宅の退去など、手続きの書類を出し忘れていたのだ。

また先生のほうも忙しく、私も三交代制で直接会えないことが多かった。

今後の生活の相談なども全て電話かメールだったのだけれど、予想に反して先生がまめに連絡をくれるのには驚いた。

そんなこんなで一緒に暮らすまで二ヶ月かかったというわけだ。

案の定周りからは、本当に二人は結婚したのかという噂をチラホラと耳にすることになったのだが、みんながそう思うのも無理はない。

入籍しても一緒に暮らしていないのだから。

結婚したら、先生が今住んでいるマンションに私が引っ越す形で同居することになっていた。

しかし、恥ずかしい話だが、私は先生がどんなところに住んでいるのかさえ知らない。

「そんなことでちゃんと夫婦やれるの？」

全てを知っている和葉に心配される始末。

そして迎えた新生活初日。

経済的な理由でミニマムな生活をしていた私の家財道具は、とても少なかった。

引っ越し当日、引っ越し業者とは別で先生が迎えに来てくれたのだが、そのあまりの荷物の少なさに
「え？　これだけ？」

と言われるほどだった。

実は、新居に関して私はノータッチだった。

元々自分で望んだ結婚ではなかったし、今までバタバタしていて、新生活の準備すらできていなかった。

そのため全てを先生任せにしてしまった。

先生は病院近くのマンションに住んでいるのだが、結婚を機に部屋をリノベーションしたとのこと。

車の中で3LDKと聞いて、広いと思ったのも束の間、いざお邪魔してまずリビングの広さに驚いた。

二人だけなのにこんな贅沢でいいの？

おまけにリノベーションしているからどこもかしこもピッカピカ。

これって部屋を丸ごと新築したようなもの。

白を基調とした清潔感《せいけつかん》のあるお部屋は、まるでモデルルームのようだ。

先生も私以上に忙しい方なのに、部屋を見た瞬間、一人で準備させて申し訳なかったという気持ちになった。

さすが先生、全てにおいてパーフェクト。

私の出る幕なし。

そもそも好きでもない私のためにここまでしてくれるなんて。

ちょっと複雑な気持ちになってしまった。

それにしても、本当に素敵な部屋だった。

部屋の至る所にある観葉植物《かんようしょくぶつ》もただ置いてあるのではなく、ちゃんと計算してセッティングした感じで、お部屋そのものが癒し空間になっている。

「植物はお好きなんですか？」

「ああ。特にこういう観葉植物は育てやすいし、置いておくだけで部屋が明るく感じるしね」

先生が植物好きだと初めて知った。

だがそんな私を驚かせたことがもう一つあった。

部屋に入ると部屋の奥から何か声が聞こえた。

「ナナ」

先生が名前を呼ぶと茶色い小さなモフモフが全速力で向かってきた。

なんとトイプードルがいたのだ。

「先生、この子は？」

「俺の家族」

そう言うとぴょんぴょん跳ねる犬をつかまえて抱き抱えた。

犬は嬉しそうに尻尾を振って先生の顔を舐《な》めている。

私本当に先生のこと何も知らない。

こんな自分が先生の妻としてやっていけるのだろうか……。

「唯」

先生が私を名前で呼んだ。

なんの前触《まえぶ》れもなく、突然のことでびっくりしてしまった。

「は、はい」

「犬って大丈夫？　アレルギーとか」

それ今聞くの？　と思いながらも、

「大丈夫です」

と答えると、犬を手渡された。

昔犬を飼っていたから、ちょっと懐かしい気分。

「名前はナナちゃんでしたっけ？」

「そう」

人懐っこくて、モフモフしてすごく可愛い。

「よろしくね、ナナちゃん」

そういえば少し前に先生とのメールのやり取りの中で、動物は好きか？　とか犬派か猫派か？　などの質問をされたことがあった。

小さい時に犬を飼っていたことがあると答えたら、わかったとだけ返事が来て、なんだったんだろうと思った。

けど、こういうことだったんだと今わかった。

遠回しな言い方しなくても、犬を飼ってるけど大丈夫？　でいいのに。

不器用な人なのかな。

でもよかった。

先生と二人っきりでの生活に不安を感じていたけど、犬がいれば気まずさも軽減されるだろう。

突然現れた可愛いワンコの存在に私は安堵した。

とはいえ犬がいるからってだけで二人の関係が急によくなるはずもなく……。

周りが思うような新婚生活とは程遠い感じだ。

だって元々好きでもない人と交際ゼロ日で一緒に暮らすなんて、あまりにも非現実すぎる。

そもそも二ヶ月前までの私はお気楽な一人暮らしだったから、仕事で疲れた日なんてカップ麺《めん》を食べたり、好きな時に寝て、好きな時間にお風呂に入って、好きな動画を見て……。

そんな自分中心の毎日から、誰かのための毎日になったのだ。

もちろんそれが好きな人のためなら喜んでできただろう。

だけど好きじゃない人のための家事は仕事の延長のようで、苦痛しかなかった。

それに夫婦だけど、友達以下顔見知りの関係で、すっぴんは見られたくない。

そんなことまで気にしなくてはならない。

不満はそれだけではなかった。

結婚が決まった当初、看護師長のほうから異動の打診《だしん》があった。

確かに一般の会社などでは同じ部署の人同士が結婚するとどちらかが異動するとよく聞くが、それは病院でも同じ。

医師と看護師の場合、看護師が異動することは当たり前で、師長からその話が出た時は、やっぱりという感じだった。

ところがこの異動の話は幻となってしまった。

理由は看護師不足。

私のいる病棟では現在二人が既に産休に入っており、復帰は早くて五ヶ月後。

それとは別でご主人の転勤が決まり急遽退職する看護師が出て、私の異動はなくなってしまった。

ちょっと安心したものの、いつまた異動の話が出てくるかもしれないと思うとやっぱり不安だ。

さて結婚して新生活がスタートした私たちだが、緊張感は続いていた。

といっても緊張感を出しているのは私だけなんだけど……。

家に帰っても仕事の延長のような気分だった。

掃除がなってないと怒られるのでは？

ご飯が美味しくないと嫌味を言われるのでは？

言うまでもないが、独身時代のカップ麺でいいやは廃止。

とにかく先生の目が気になって仕方がない。

そんな思いから、家事も完璧にこなさなきゃと神経を尖らせていた。

でも、本当は家にいる時ぐらい穏やかに過ごしたい。

そんな私の心の拠《よ》り所《どころ》が、トイプードルのナナだった。

二歳の女の子で、先生が帰国してから飼い出したそうで、クリクリの可愛い目に、色はレッド。濃いカフェラテみたいな色という表現がぴったりだ。

きっとこの子がいなければ毎日が仕事の延長だったと思う。

ナナのおかげで先生と普通に会話ができる。

といっても会話の内容はほぼ犬の話で、お互いの話は今のところ全くなかった。


準夜勤を終え帰宅したのは深夜一時半。

この日は結構バタバタしていたので、お風呂に入ってすぐベッドに入った。

隣のベッドでは先生が寝息を立て、そのすぐそばでナナも眠っている。

本当は同じ寝室で寝ることだけは嫌だと思っていた。

だが、全てを先生に任せておいたら寝室を一緒にされていて、入居して初めてそこに気づいてびっくり……。

今更寝室は別でとも言えず、仕方がないのでソファで寝ることにしたら、先生がダメだと言った。

理由を問い質《ただ》され、すっぴんを見られるのが嫌だと答えたら、思い切り笑われてしまった。

「安心しろ、君のすっぴんには興味はない」

と言われ、強制的に同じ寝室で寝ることになった。

だけど、夫婦らしいことはもちろんまだない。

先生の本当のパートナーはナナって感じだ。

もちろん嫉妬《しっと》もないし、見ていて微笑ましいぐらい。

今の私にはこの距離感がちょうどよい。

きっとこの結婚は長く続かないと思う。

先生には好きな人がいるのだから、一緒に暮らしている中で情が入ってしまうのはお互いによいとは思えない。

私としては、借金を肩代わりしてくれた先生はいわば恩人。

その先生が本当に好きな人と一緒になれることを心から願っている。

先生の本当の幸せが訪れるその日までは、名ばかりの妻だけどせめて家のことはきちんとやらなくてはとベッドに入り、目覚ましをセットして眠った。

実はこの頃から私たちの生活に変化が起き始めてきたのだ。


今日は日曜日で外来は休み。

何して過ごそう、ナナと長めの散歩もいいな。

そうだ買い物もしないと……なんて思っていたら、何かの拍子にパッと目が覚め飛び起きた。

カーテンの隙間から差し込む光。

視線を正面の壁掛け時計に移すと、もうすぐ十一時になろうとしていた。

「え？」

壁掛け時計を疑うつもりはないが、枕《まくら》元のスマートフォンで再確認する。

時刻は間違っていなかった。

でもなんで？　寝る前に目覚ましはセットしたはず。

まさか、無意識にタップしていた？

どんなに遅く帰ってこようが、一応妻なのだからやるべきことはやらないといけない。

そんな思いで過ごしてきたが、寝坊したのは今回が初めてだ。

もちろん隣のベッドで寝ていた先生とナナの姿はない。

先生も今日は休みのはず。

洗濯や掃除、食事の支度……全てが出遅れた。

慌ててベッドから降りて急いで着替えて、寝室を出た。

するとキッチンのほうから何やらいい匂い。

私はその匂いに誘われるように、手前のリビングに入った。

するとキッチンカウンター越しに、キッチンで料理をしている先生と目が合った。

「すみません、寝坊しちゃって」

「おはよう」

「お、おはようございます。あの、私が替わります」

キッチンに入ろうとすると先生は首を横に振った。

「ちょうどご飯できるから座っててよ」

「え？」

戸惑う私に先生は話を続けた。

「ちなみに洗濯と掃除は終わってる」

「えっ、すみません！」

私は勢いよく頭を下げた。

「謝らなくていい。っていうか、なんで謝るんだ？」

「え？　だってこれは私の仕事ですから……」

オドオドする私に対してなのか、それとも私自身にがっかりしているのか、先生は盛大なため息をついた。

だがその意味はちょっと違っていた。

「一緒に住むようになって、君が家のことをすごく頑張ってくれて感謝してる。だけど、奥さんだからとか女性だからという理由で家事をしなきゃいけないなんていう考えは捨ててくれ」

私はその意外な言葉に目をパチパチさせた。

まさか先生の口からそんな言葉が出るとは思っていなかった。

「特に俺たちはお互い働いている者同士なんだから、今日みたいにできる人がやればいい」

「でも先生はお忙しいじゃないですか？」

「それは君も同じだろう？」

目から鱗《うろこ》だった。

結婚してから今日まで私は、先生からあれをしろ、これをしろと指図されたことはなかった。

ただ単に先生だったらこう言うだろうと仮定して、何も言われないようにと一人でせっせとこなしていただけ。

「なんだか不満そうだな」

「え？　違うんです。申し訳なくて」

私は先生に歩み寄ることもせず、勝手に思い込んでいた。

「申し訳ないか……じゃあこれテーブルに運んで」

そう言って白い皿を手渡された。

「は、はい」

皿の上にはサラダとサンドイッチが載っていた。

綺麗に盛り付けられた料理に驚く。

まるでおしゃれなカフェのワンプレートメニューのようだった。

「唯、何飲む？」

「あっ、じゃあコーヒーをお願いしていいですか」

差し出してくれたコーヒーのマグカップを受け取りテーブルに置くと、先生がキッチンから出てきた。

やっと名前で呼ばれることに慣れてきた。

でも私は先生のことをまだ名前で呼べない。

本当は廉斗さんと呼んだほうがいいのだけれど、好きでもない相手を名前で呼ぶのはかなり抵抗がある。

ただ、先生は私に歩み寄ろうとしている。

私もそうしなければいけないのかな？

実際、こうやって先生と一緒に朝食をとるのは初めてだ。

「さあ、食べよう」

「は、はい」

すると先生が小さなため息をついた。

「何ビビってるの？」

「え？」

「顔が強張ってる」

「ご、ごめんなさい」

「だから謝らないでくれ。俺たち一応夫婦なんだし」

「はい」

夫婦なんだろうけど、実感はない。

「そんなにまだ俺のこと嫌い？」

そんなにって……

好きではないが嫌いというほどではないというのが率直な気持ちだけど、そのまま口に出すのは気が引ける。

「嫌いではありません。好きと嫌いの間かな」

そう言うのが精一杯だった。

だけど先生は私の言葉を聞いて、

「それは好きでも嫌いでもないということだな。簡単に言えばなんとも思っていない」

「いえ、そんなこと。どうでもいいなんて思っていません。まず好き、嫌いの二択しかないのがいけないんです」

「じゃあ好きってことでいいんじゃないか？」

「え？」

「俺はそのほうが嬉しい」

先生はクスッと笑った。

確かに先生の言うとおりで、誰しも好きと言われて悪い気はしないものだ。

あんな言い方したことをちょっと後悔してしまった。

私たちは偽《いつわ》りの夫婦で、お互いのこともよく知らないまま結婚した。

長くは続かない夫婦生活だけど、夫婦でいる間は仲よくやっていきたい。

だけど先生はまだ何を考えているかよくわからないところがある。こうやって穏やかな時間を過ごせたらうまくやっていけると思うのだけれど。

ただ結婚前に感じていた不安はいつの間にかなくなっていた。

最近は会話も随分増えたと思う。

もちろん普通の夫婦と比べたら断然少ないけど……。

それに家事をあえて分担にせず、お互いに時間があるものがするというのが私たちの距離を縮めたのかもしれない。


「お熱何度でした？」

「三十六度三分です」

「いいですね！　ご飯はどのくらい食べられましたか？」

「八割くらいかな……」

「は～い。杉田《すぎた》さん今日一つ検査が入ってるんで、またお声かけますね」

「はい。ねえ看護師さん」

五十代の杉田さんは乳がんで入院されている女性だ。

経過は良好で、退院も近い。

その杉田さんが、私に手招きをした。

もっと近くに来いということなのだろうか。

「宇喜田先生の奥さんなんでしょ？」

「……そうですが」

「先生ってキスとか上手なの？」

「え？　は？　な、何を言ってるんですか」

すると病室から笑い声が聞こえた。

「もう～、顔真っ赤にして可愛いんだから」

「ごめんね～。からかうつもりはないのよ。でもさ、入院してても面白いことないじゃない」

「でも新婚さんって感じで初々《ういうい》しいわ～」

同じ部屋の人たちまで会話に入ってきた。

「私のことはいいのでみなさんは治療に専念してくださいね」

私は病室を出ると深いため息をついた。

キスが上手とか……キスなんてしたことないし。

先生のキスのお相手はもっぱら愛犬のナナだ。

先生とナナのほうが恋人同士に見えるほど。

って、こんなの嫉妬でもなんでもない。

私だってナナは可愛いし、懐いてくるし、あの子がいなければもっと暗かったと思う。

でも私たち、結婚はしたけど本当に名ばかり。

キスなんてきっとこの先も予定なし。

わかっているのに、なんかモヤモヤしている自分に気づく。

なんなの？　この気持ち。きっと杉田さんが変なこと言うから……。

この日から私の心に変化が訪れていたようで……。


「ナナ、いい子にしていたか？」

「お帰りなさい」

「ただいま」

「もうご飯ができるので」

「ありがとう」

先生はナナを抱っこすると、ソファに座った。

そしてナナを自分のほうに向かせると、ナナは先生の鼻をぺろっと舐めた。

舐められたほうの先生は、本当に嬉しそうに微笑み、

「お前は本当に可愛いな」

と言ってナナにちゅっとキスをする。

これが先生とナナのルーティーンみたいなもので、微笑ましい光景なんだけど、なんというか、私は蚊帳《かや》の外？

——ナナにはキスするのに私にはしないのね。

という思いがふと頭によぎっては、それをかき消《け》す。

先生のことは嫌いじゃない。

結婚してから仕事中の私に対する態度にも変化があった。

声のトーンが少し柔らかくなり、視線の鋭さもなくなった。

といっても、好きかと聞かれたら好きと言うほど先生のことを知らない。

今まで抱いていたような負の感情はなくなっていた。

ただそれがイコール好きかというと、まだ違うような気がする。

そんなことを思いながら夕飯の支度をしている時だった。

「唯」

ふと名前を呼ばれた。

「はい」

「今度の土曜日は休みだな」

「……はい」

結婚してから先生と休みが重なることが増えた。

師長がシフトを決めているのだが、おそらく気を利かせて休みを調整しているのだろう。

「ナナを連れてドライブにでも行かないか？」

突然の申し出に私は驚き固まった。

「もしかして何か用事でも――」

「いえ、ないです。ちょっと驚いただけで……」

先生はクスッと笑った。

職場では見せないような、こんな笑顔を向けられると、いつも戸惑う。

「単にリフレッシュしたいだけなんだけどね」

リフレッシュか……。

確かに新生活が始まった頃はなんやかんやとやることがあって、ゆっくりした休日はほとんどなかった。

「そうですね」

「それに、ナナを広いドッグランに連れて行きたいんだ」

——メインはそっちなんだ……。

でもナナと一緒だったらドライブも無言にはならなさそうだし、いいかも。

「じゃあ、お弁当作りましょうか?」

ナナが一緒だと、ご飯を食べるにしても入れるお店を探すのが大変だと思い、提案したのだけど、

「本当に?」

先生は本当に嬉しそうに満面の笑みを浮かべた。

「犬の入れるお店って少ないじゃないですか。だから……」

「そうだったな。そうか、お弁当持って……ナナ、よかったな。みんなでお出かけできるよ」

そういって先生はナナをギュッと抱きしめた。

その姿を見た瞬間、胸がドキッと強い音を立て、顔が熱くなった。

——いけない！　カッコカワイイかも。

そう思った自分に自分で驚いていた。

「ハ、ハードルを上げるような強い期待はしないでくださいね」

「唯が作るものならなんでもいい。ね～ナナ」

ナナに言ってるのはわかるけど、そこまで喜んでくれるとは思わなかった。

それにしても二人で（ワンコもいるけど）お出かけは初めてかもしれない。

そう思うと、ちょっとドキドキしてきた。


お出かけ当日。

天気は快晴、お出かけ日和《びより》。

朝早く起きた私は、おにぎり、卵焼き、唐揚げなど、慌ただしくお弁当作りに没頭し、先生はナナのおやつや、お水などお出かけの準備をしていた。

全ての準備を整え、軽く朝ごはんを食べた後出発した。

運転席と助手席の間にすっぽりと入るボックス型のペットシートを敷いて、そこにナナを座らせた。

ナナは車に慣れているのか、落ち着いた様子。

車は高速道路に入った。

「今日はどこのドッグランに行くんですか？」

「サービスエリアだよ」

「え？」

普段あまり車に乗らない私。

サービスエリアにドッグランがあることも知らなかった。

スマートフォンで検索すると、ドッグランが併設されたサービスエリアがたくさんある。

大型犬と小型犬に分かれており、中にはペット用品を扱うショップまであるらしい。

「よく行くんですか？」

「たまにね。いつも家の中ばかりだから、たまにこういうところでリフレッシュさせるんだ」

「そうなんですね」

「でもナナは人たらしだから、思いっきり走るより、誰かに構ってもらえるほうが好きみたいだな」

――人たらしは飼い主に似たのでは？

会話の中心はナナのことがほとんどだけれど、先生と普通に会話できる日が来るなんて私は思いもしなかった。

二時間ほど走り、目的地に到着した私たちは早速ドッグランへ向かった。

人気があるのか私たちのように犬を連れた人を見かける。

「ワンコ連れの方が多いですね」

「ここは人工芝だし、すごく広いから結構人気があるみたいだよ」

「先生も毎回二時間もかけてここまで来るんですか？」

「……違う。いつもはもっと近場のサービスエリアだ。今日はデートだから遠出したんだ」

私の足がぴたりと止まった。

――デート？　これってデートなの？

「唯、どうかしたのか？」

「い、いいえ、なんでもないです」

と返したものの、頭の中はデートという文字でいっぱいになった。

自慢じゃないが、デートというものは今日が初めて。

それをさらっと当たり前のように言った先生に驚いたのだ。

ドッグランに着くと、そこはもう犬のパラダイスだった。

いろんな犬たちが元気に走り回っている。

中にはじっとしている犬もいれば、ずっとクンクンと匂いを嗅いでいる犬も。

人間と同じで犬も性格はさまざまだった。

ナナはというと中に入った途端、勢いよく走り出した。

「すごい走ってますね」

「ああ見えて、アクティブだよ。今はね」

先生の今はねの意味を知ったのは数分後のことだ。

ナナが小さい体で全速力で走る姿は、可愛いけど勇ましささえ感じさせる。

ところが、そんなナナは尻尾を振りながら突然見ず知らずの女性のほうへ。

「ほーら始まった」

「え?」

「私を構って〜っていろんな人のところに行くんだよ」

先生の言うとおり、ナナはいろんな人に可愛いと言われながら撫《な》でられている。

「こういう時は、絶対に俺のところには戻ってこないんだよ」

しみじみと言う先生。

確かにナナはいろんな人に愛想を振《ふ》り撒《ま》きまくっていた。

「なんかすごいですね。人たらしの意味わかりました」

「だろう？　ま～ナナはそれでもいいけど……唯はやめてくれよ」

「え？　何がですか？」

「別の男にホイホイついていくなってこと」

「つ、ついていくわけないじゃないですか」

私はそんなに軽くないし、そもそも今日が初デートなんですからね！

と言いたい気持ちをグッと堪えた。

今日が人生初デートなんて言ったら、絶対にからかわれると思ったから。

そんなことなど知らない先生は、

「よろしい！」

と言って私の頭をくしゃっと撫でた。

先生にとっては何気ない行動だけれど、私にはすごいことだった。

「唯、行くよ」

先生はいつの間にかナナを抱っこして出口へ向かっていた。

私はデートも、ドッグランも、髪の毛クシャも初めてなことばかりでずっとドキドキしっぱなしだった。

再び車に乗り込むと、ナナは疲れたのかすぐ眠ってしまった。

「疲れちゃったみたいですね」

「この後だけど、行きたいところがあるんだがいいかな？」

「はい」

私がそう言うと車は動き出した。

着いた場所はとある神社だった。

先生が言うにはパワースポットとして有名らしく、私も名前だけは聞いたことのあるところだった。

ここは犬も大丈夫らしいので、リュックタイプのキャリーにナナを入れ、先生が背負って神社へと向かった。

鳥居《とりい》を抜けて、緩やかな長い階段の先に本殿《ほんでん》はあった。

パワースポットといわれるだけあって、多くの参拝者が並んでいる。

先生はこういうことにとても詳しいみたいで、参拝の作法なども教えてくれた。

参拝が終わると先生は、バッグから何かを取り出した。
「ちょっと御朱印《ごしゅいん》いただいてくるよ」
「え？　あっ、はい」
また新たな発見をした。
先生が御朱印集めをしているということを……。
土曜日ということもあり、社務所《しゃむしょ》には数人が並んでいる。
待っている間ぼーっとしているのも……と思ったのでおみくじを引くことにした。
おみくじで人生が左右されるわけではないけど、やはり開ける時はドキドキする。
多くは望んでいないけど、悪い運勢が出たら嫌だな……。
そんなことを思いながらおみくじを開けると、
——大吉！
内容はというと、難しい言葉で書かれているけど、要約すると、
『思いどおり願いが叶うが、驕《おご》りの心があると逆によくないこともある』
『正しい行いをすることが幸福に繋がる』
とのこと。
恋愛運は相手の人物をよく見よ。

御朱印の列に視線を向けたが、すぐに逸《そ》らした。

だって先生と恋愛なんてありえない。

そもそも先生には好きな人がいるんだから。

でも結婚する前から比べると、先生の印象は随分変わった。

優しくて、家にいる時は全く怒らないし、男性だからとか女性だからって性別で物事を判断するような人じゃないし、とても純粋な人。

そういえば、意外と涙脆《もろ》かったりする。

以前に準夜勤が終わって帰宅すると、先生はまだ起きていて、大画面のテレビで映画を見ながらティッシュで涙を拭っていた。

それは少し前に私が録画しておいた映画で、私も一人の時に見て、ティッシュをボックスごと抱えておいおい泣いた。

でもまさかそれを先生が見ていたなんて思ってもいなかった。すごく驚いたし、逆にこういう時って声をかけづらい。

これはそのままお風呂に直行したほうがいいかなと思い、静かに後退《あとずさ》りしようとしたが、気づかれてしまった。

先生は、泣き顔を見られて少し慌てた様子で、

「唯、おかえり」

と声をかけてくれたが、私は返事ができなかった。

だって先生の目から涙がポロリとこぼれ落ちたからだ。

男性の涙を見たのはこれが初めてだったし、綺麗な顔立ちの先生の涙が美しくて、あの時は本当にドキドキした。

って話が飛躍してしまったが、とにかく毎日が驚きの連続だった。

職場での態度も、前より優しくなった。

もちろん大っぴらに優しくなったわけじゃない。

さりげない優しさというのだろうか、すれ違い様《ざま》に声をかけてくれたり……。

私を見る時の目も優しくなった。

でもそれがかえって私をドキドキさせる。

もちろん医師としても素晴らしいのは相変わらずで、その上優しいところまで見せつけられて先生への印象がガラリと変わった。

なんだかこのおみくじ、先生が持っていたほうがいいかもと思ってしまった。

だって、先生なら驕りの心もないし……。

これを先生が持っていれば、好きな人と一緒になれるかもしれない。

私の借金完済という夢は先生が叶えてくれた。
だから次は先生が夢を叶える番じゃないかな。
でもそうなると、私との結婚生活は終わる？
その瞬間胸の奥がズキッとした。
——なんで胸が痛いの？
と思っていると、
「唯、お待たせ」
先生が急に声をかけてきた。
自分の小さな心の変化に戸惑っている最中に戻ってきた先生。
私はびっくりして咄嗟《とっさ》に一歩後ろに下がった。
その瞬間、私の体がよろめいた。
後ろに小さな段差があることに気づかなかったのだ。
「あっ！」
このままバランスを崩して足を挫《くじ》いてしまうと思ったのだが、そうはならなかった。
「唯！」
先生が私の腕を瞬時に掴み、よろけそうになった体を自分のほうに引き寄せたのだ。

力加減がわからなかったのか、思い切り引っ張られた私の体は、まるで磁石のS極とN極のように先生の腕の中に。

よろけそうになったのと先生と密着していることに驚き、すぐに体を離したが、ドキドキは治る気配がない。

だけどそんな私の心のうちなど知らない先生は、

「大丈夫か？」

と私のことを心配してくれた。

「だ、大丈夫です。すみません」

「待たせた上に急に声をかけた俺も悪かった。ごめん」

「いえ、大丈夫です。待っている間におみくじを引いたんですよ」

「そうだったんだ。で？　なんだった？」

「大吉です」

ちょっと得意げにおみくじを差し出すと、先生はまじまじとそれを見た。

「いいこと書いてあるじゃないか。よかったな」

「は、はい」

「このおみくじ結ぶ？　それとも持ち帰る？」

「逆に聞きますけど大吉の場合ってどうなんです？」

「どっちでもいいみたいだよ」

「じゃあ、持ち帰ります」

私はバッグの中におみくじをしまった。

でも一つ気になることがあった。

先生は私の手を離そうとしないのだ。

こういう時どうしたらいいのだろう。

手を握られたことが全くないわけじゃない。ただそれは仕事の時にパッと触れる程度。

プライベートで男性と手を繋ぐのは人生で初めてで……。

結局私たちは駐車場まで手を繋いだままだった。

たぶん、なんとなくそうしただけだと思うのだけれど、手を繋ぐ相手は私じゃなくて本当に好きな人なのでは？　と思ってしまった。

「美味しい。塩加減が絶妙だよ」

神社を出て車で移動すること十分。

やってきたのは植物のテーマパークのようなところだった。

ここでは温室と、テーマごとに造られた庭園を楽しむことができる。ペットの入場も可能で、前から気になっていたとのこと。

植物好きの先生らしいチョイスだった。

暑くもなく寒くもなく、最高の天気のもと、芝生の上で食べるお弁当は美味しく感じられた。

誰かのためにお弁当を作るのは初めてで、しかもレパートリーの少ない私は、お弁当箱のスペースを埋めるのにかなり苦労した。

開けた時、片方に寄っていなかったことにほっとする。

それにしても、先生の食べるペースの速いこと。

それでいてちゃんと美味しいと感想を言ってくれる。

「唯は食べないの？」

私は先生の食べる姿を見ていたので箸《はし》が動いていなかった。

「いえ、あまりにも先生の食べっぷりがよくて」

「当たり前だろう。こんなに美味しいんだから」

結婚して、先生に対するイメージが随分変わった。

そのあまりのギャップに戸惑うこともあるけれど、先生と一緒にいることが嫌ではない。

むしろ今は楽しいぐらいだ。

まだ夫婦というには、お互いのことを知らなすぎてぎこちない部分はある。

だけど美味しそうにご飯を食べる先生と、その横で気持ちよさそうに昼寝をしているナナを見ていると、胸があったかくなって、幸せだなって思えてしまう。

――こんな日々がずっと続くといいのに……。

そんな思いがふわっと湧き上がってきた。

でも、この結婚生活が永遠に続かないことも知っている。

先生には好きな人がいる。

私は、その人と一緒になるための単なる繋ぎ役に過ぎない。

だから、これ以上変な気持ちを起こしてはいけない。

これ以上……。

5　二人の温度

「野村さん、再入院したのよ」

「え？　大腸で入院されてた野村さん？」

「そう、救急搬送されて」

夜勤の申し送りの前に準夜勤の看護師が教えてくれた。

野村さんは四ヶ月ほど前に大腸がんで入院されていた方だ。

八十三歳だけど心は永遠の乙女で、宇喜田先生に告白した最年長の女性だ。

直腸がんで手術入院していたが、入院中に肺への転移が見つかった。

ただ八十三歳という年齢で、何度もメスを入れるのは体力的にもしんどいというのと、野村さん自身に家に帰りたいという強い希望があったため退院したのだった。

野村さんと会話を交わしたのは、噂を聞いた翌朝だった。

朝六時、寝ているかもと静かに病室に入ると、野村さんは既に起きていた。

「おはようございます。体調いかがですか？」

すると野村さんは、にっこりと笑った

「おかげ様でだいぶいいよ。みんな大袈裟《おおげさ》なんだって。救急車なんて呼ぶからさ～」

これだけ話せるのなら安心と言いたいところだが、病状は決してよくない。

少し黄疸《おうだん》も出てきているし、微熱もある。

「もう少ししたら点滴交換しますね。何かあったら呼んでください」

そう言って部屋を出ようとすると、呼び止められた。

「どうしました？」

「幸せそうね」

「え？」

「先生との新婚生活」

「そうですか？　自分ではあまりわからなくて」

すると野村さんはニヤリと笑った。

「またまた～。私は本当に喜んでるんだよ。次の目標は私が生きている間に二人の赤ちゃんを見ることだね」

赤ちゃんって……カーッと顔が熱くなった。

そもそも赤ちゃん以前に、キスだってしたことないのに。

せいぜい手を繋いだぐらい。

赤ちゃんができる可能性はゼロ。

私は軽くかわす素振りを見せたが、実際は顔が真っ赤になってて、病室を出ると、手で顔を扇いだ。

赤ちゃんなんて……ないない。

再度自分に言い聞かせながら隣の病室へと移動した。


野村さんの体調は入院してから安定し、一週間経った今では病室から賑やかな笑い声が聞こえてくるほどだった。

でも、実際は油断できない状態だ。

今あんなに元気なのが不思議なくらいだった。

それでも元気なのは、先生の存在があったようで……。

「宇喜田先生と話をしている時の野村さんはやっぱり完全に恋する乙女だよ」

といったことを他の看護師から聞くことが増えた。

「田辺もうかうかしてられないんじゃない？」

半分冷やかしなのだけど、恋のパワーが特効薬になっているんだって思えて、その力のすごさに驚いていた。

それからも野村さんはとても元気に見えた。

もちろん、実際の病状はあまりよくないままで、数日前から食事も完食する日はほとんどなくなっていた。

それでも笑顔が戻ったと野村さんのご家族も、

「このまま完治しちゃうんじゃない？」

と喜んでいた。

そんな時だった。

「田辺さん」

宇喜田先生に呼ばれた。

今も呼び名は旧姓のまま。

私が他の病棟に異動になれば、呼び名を変えようと思うが、先生と同じ病棟にいる間は、旧姓でいようと二人で決めたのだ。

「はい」

「悪いが、手が空いたら野村さんに外の空気を吸わせてあげてほしいんだ」

「はい、わかりました」

「頼むな」

そう言って先生は私の肩をポンと叩いた。

家にいる時のような優しい声に、どうしたんだろうと思った。

二十分後、手が空いた私は車椅子《くるまいす》を用意し、野村さんの病室へと向かった。

「野村さん、ちょっとお散歩に行きませんか？」

すると野村さんはとても驚いたように目を大きく開いたかと思うと、満面の笑みを浮かべた。

「先生がＯＫを出してくれたんだね。ありがとう」

少しよろけそうになったが、野村さんはなんとか介助なしで車椅子に乗ることができた。

だが、改めて野村さんを見ると四ヶ月前よりだいぶ痩せている。

「じゃあ、ちょっと遠出して中庭に行きませんか？　今日は天気もいいし、風も心地いいんですよ」

「ありがたいね〜。本当にね、思うのよ。歩けるってすごいことなんだなって」

野村さんはしみじみと呟いた。

患者さんの中には、それまでできたことができなくなってしまう人がいる。

自力で起きられなくなったり、歩けたのに歩けなくなったり……。

野村さんも前回退院した時は歩けていた。

その当たり前が当たり前じゃなくなることがどんなに辛いことなのかは、本人にしかわからない。

だから私は言葉を選ぶようにする。

上辺《うわべ》だけの親切なんてすぐに見破られるから……。

私は黙って野村さんの言葉に耳を傾けた。

すると野村さんが私のほうを見た。

「田辺ちゃんは今までできたことができなくなるって、考えたことある？」

「こういう仕事をしていると考えます」

野村さんは小さく頷いた。

「そうよね。私はなんで前はできたのに今はできないの？　って思うことが増えてね。時々無性《むしょう》に悲しくなるのよ。こんなことならもっといろんなところに行きたかったとか、もっと健康管理しておけばよかったってね」

いつもこんな時どう声をかけたらいいのか悩む。こういう場面には何度遭遇しても慣れることがない。

同情することがいいとは限らないし、かといってスルーすることもよくない。

ただそういう患者さんに対し前向きな気持ちになってもらえるよう心がけている。

「じゃあ、今野村さんが一番やってみたいこととか、もう一度やってみたいことってありますか？」

野村さんはしばらく考えていたが、突然閃いたのか手をぱんと叩いた。

といっても手を合わせる程度にだが。

「あったわ、あった。私、一度でいいから宇喜田先生とデートしたいわ。一緒に歩いてベンチに座ってお茶を飲みたい」

その目はやはり恋する乙女だった。でもこの夢なら叶うかもしれない。

「デートできるといいですね」

「本当ね。でも夢を持つっていいわね。こう、生きるパワーがみなぎってくる」

だが野村さんの病状は思った以上に進行していた。

これ以上の手術をご本人は望んでおらず、与えられた残り少ない時間を自分の家で過ごしたいという強い希望を持っていた。

それで三日後に退院することが決まったのだ。

その日の帰宅後。

「先生、お願いがあるんですけど」

「ん？　何？」

「野村さんとデートしてもらえませんか？」

「え？」

先生は一瞬固まったが、すぐにその理由を尋ねられ、私は先日の散歩の時の出来事を話した。

「野村さん、先生といる時本当に楽しそうで……。あの笑顔は私には作れません。だからこそ夢を叶えてあげたいんです」

「わかった。様子を見て中庭デートしようか」

「本当ですか？　ありがとうございます」

「その代わり、俺にも一つ頼みがある。それを聞いてくれたらだけど」

え？　と思ったが、野村さんのためだ。

「わかりました。その頼みってなんですか？」

「……そろそろ俺のこと廉斗って呼んでくれないか？　職場でも家でも先生っておかしいだろ」

大変なお願いだったらどうしようと思っていただけに、ちょっと拍子抜けしたが、確かに家でも先生っていうのはおかしい。

と、頭では理解しているけど、名前呼びって……すごく恥ずかしい。

でも野村さんのためだ。

「わかりました。じゃあ、明日から――」

「今でしょ」

やっぱり。

「廉斗さん？」

「なんで語尾がクエスチョンなんだ」

と呆れ気味に笑っている。

その笑った顔を見たらなんだか私も笑えてきた。

結婚して夫婦になったのに、名前で呼ぶことも恥ずかしいなんて……。

「廉斗さん、野村さんのお願いを叶えてあげてください」

彼の目をまっすぐに見ながら改めてお願いした。

「しょうがないな」

面倒くさそうな言い方をしているのに、私を見る彼の目がとても優しくて、ドキッとした。

なんだかまた一歩、私たちの距離が近くなったような気がして。

それから三日後の朝。野村さんの退院日だ。

診察で問題がなければ家に帰れる。それを聞いた時の彼女の表情はとても明るかった。

朝の検診に行くと、野村さんは病室の窓を眺めていた。

私に気づくと、野村さんはニコッと微笑んだ。

「昨日は本当にありがとう。あなたのおかげで私の最後の願いが叶ったのよ」

昨日、野村さんは先生と一緒に中庭のベンチでお茶を飲んだ。

十分程度だったが、車椅子から立ち上がって先生にサポートされながらベンチに座ったそうだ。

私は夜勤だったからその様子は見られなかったが、日勤の看護師たちが上から見ていたそうで、とても嬉しそうだったと教えてくれた。

「な、何をおっしゃるんです。最後だなんて」

「自分の命を自分がわからなくてどうするの。わかるんだよ」

そう話す野村さんの表情はとても穏やかだった。

実際、野村さんがここまで回復できただけで奇跡に近いことだった。

「あなたたち本当にお似合いよ」

「いえそんな……」

そこまで言われるような立派な人間ではない。お互い条件付きの結婚だ。

なんだか後ろめたい気持ちになる。

「あなたたちを見ていると、昔の自分を思い出すの」

野村さんの若い頃。

今のように恋愛結婚する人は少なかった。

野村さん自身、お見合い結婚だったそうだ。

しかも親の勧める縁談で、恋愛結婚に憧れていた野村さんは何度も拒んだが、渋々旦那さんになる方と会うことになった。

ところが野村さん、初めて旦那さんに会って一目惚《ぼ》れをしたのだそうだ。

「一目惚れした相手が、親の決めた人なんて恥ずかしくて、自分のプライドが許せなくてね～、随分そっけない態度をとっていたの。本当は好きなのにね」

その後結婚して一緒に暮らしていく中で、旦那さんの広くて温かい心が野村さんの心を溶かしていって、その後はずっと仲のよい夫婦だったとのこと。

「先輩として一つ教えるわ。素直が一番よ」

野村さんは続けた。

「自分が思ったことを否定しないこと。相手に対するちょっとした気持ちこそが本音だから。それを認めること。それが素直になるってことなのよ」

そう言って野村さんは退院した。

素直になる。

簡単なようで結構大変なんだな～と思いながら、私は仕事に戻った。


それから三週間後のことだった。

野村さんの息子さん家族がナースステーションを訪ねてきた。

そこでみんなは野村さんの訃報《ふほう》を聞いた。

私は準夜勤で、そのことを知ったのは少し後だった。

ご家族の話では、退院して一週間後にご自宅のベッドでお亡くなりになったとのこと。

退院してからの野村さんは、お孫さんに宇喜田先生のことをよく話していたそうで、

「ここでの入院生活は楽しかった。私の夢を叶えてくれたんだよ。あっちに行ったら

おじいさんに怒られるかもしれないけど、最後のわがままだって言えば許してくれるかね？」

と言っていたそうだ。みんながとても優しくて、嫌な顔一つせずわがままを聞いてくれたことに感謝していたと教えてくださった。

「静かに息を引き取ったおばあちゃんは微笑んでいました。本当にお世話になりました」

その話を先輩から聞いて、熱いものが込み上げてきた。

病院にいると、いろんなことがある。完治して退院する人もいれば、入院しても退院できない人、病室で最期を迎える患者さんもいる。

それが仕事だから心を強く持たなきゃならないし、悲しいことがあっても泣いていたら身がもたない。

頭では理解していても今回のような思い入れのある患者さんの訃報を聞くと、体がギュッとなる。

それでも仕事をしなきゃいけない時が本当にきつい……。

仕事を終え、重い足取りで帰宅した。

リビングに入ると先生の姿はなかったが、テレビはつけっぱなし。

こんなこと、いつもはないのにと思いながらリモコンに手を伸ばすと、ベランダに出る大きなガラス戸のレースカーテンが揺れていることに気づく。

あれっ？　と思いながらテレビを消し、カーテンに近づくと、少し窓が開いていた。

テレビはつけっぱなしだし、窓も微《かす》かに開いているなんて……。

ため息をつきながら窓に近づくと、窓の外にうっすらと人のシルエットが浮かんだ。

——先生？

私に背を向けるように先生が立っていた。どこか寂しそうなその背中を見て、先生は野村さんのことを考えているのかもしれないと感じた。

「廉斗さん？」

と声をかけると、彼が振り向いた。

その表情はとても悲しげで、声をかけたことを後悔してしまうほどだった。

だけど私と目が合うと、

「あっ、唯、おかえり」

と微笑み、なんて声をかけたらいいのか躊躇する私を見て、

「ごめん」

そう言って視線を戻した。

その瞬間、彼を一人にさせられないと感じベランダに出た。

とはいっても気の利いた言葉をかけるわけでもないし、受け止める度胸もない。

ただ彼のそばにいることしかできない。

そんな自分の不甲斐《ふがい》なさに落ち込んでいた時だった。

「あのさ……」

先生が話を始めた。

「は、はい」

思わず返事をすると、先生はクスッと笑ったが、表情は悲しそうなまま。

「俺は仕事に対していつでも冷静でいることを心がけていて、特に患者に対し感情移入だけはしないようにしている。だって身がもたないだろう?」

「そうですね」

私も同じ考えだ。

というより、医療に関わる仕事をしていれば、同じ考えを持つ人が多いと思う。

特に私の受け持つ病棟は大病を患《わずら》っている方が多いため、終わりの瞬間に立ち会うことも少なくない。

だけど感情移入しないようにすることって結構大変だったりする。

特に今回のように……。

「俺は、野村さんを退院させたことをすごく後悔している」

「え？」

「すまない。これは医者というより俺個人の気持ちだ。今できる最大限のことはやったし、家に帰りたいっていう彼女の気持ちも尊重した。しかし……」

先生は拳を強く握った。

先生はどうしても野村さんを助けたかったんだ。最期の瞬間までそばにいて、できることは全てしたかったに違いない。それができなかったのは自分の判断ミスのせいだと思っている。

でもこういったケースは少なからずある。

住み慣れた自宅で過ごしたいと思う野村さんの気持ちもすごく理解できる。

でも、それにしてもなぜ先生がここまで野村さんに感情移入をするのか正直わからない。

先生は優秀な医師だけど、全ての命を救えるわけではもちろんない。キャリアも長く、担当した患者さんが亡くなるのは幾度も経験しているはず。そんな彼にとって野村さんは、そこまで特別な人だったの？

もちろん私も悲しい。

私は自分の祖母に会ったことがない。

だから野村さんみたいな人が祖母だったらって思ったことは何度もあったが、先生のこんな落ち込む姿を見るのは初めてだ。

そんな先生にどんな言葉をかければいいのかと思案していると、

「野村さんって俺の死んだばあちゃんに雰囲気が似ていて、だからこんなに辛く感じるんだな」

と呟いた。

先生の悲しむ本当の理由がわかったような気がした。

「ばあちゃんが亡くなった時、俺はアメリカに来たばかりで……直接お別れを言えなかった。そのことが野村さんと重なって……」

何も知らなかった。

「廉斗さん……」

名前を呼ぶことしかできなくて情けなくなる。

そんな私を見て先生は、

「そんな顔するな」

と苦笑いをする。

私って全然役に立ってない。

慰《なぐさ》めようとしているのに、逆に気を遣わせているのだから。

「そういえば、野村さんって若い頃看護師をしていたそうなんだけど聞いてた？」

「あっ、はい」

先生は、

「そうか……」

と言いながら遠くを見つめた。

『あなたたち本当にお似合いよ』

と言われて、胸がチクリと痛くなったことを思い出し、再び痛くなった。

何もできない私が本当に彼の妻でよかったのかと……。

そもそも、私たちに恋愛感情なんてなかったし、こうやって一緒にいることも少し前まで想像もしなかったことだったし……。

「言われたんだ、二人を見ていると昔の自分を思い出すって」

「あっ、私も言われました」

お互いに顔を見合わせクスッと笑った。

「あのデートした日、野村さんから多くのことを学ばせてもらった。その一言一言が、まるで死んだばあちゃんが言っているように思えて」

今更だけど、私は先生のことを本当に何も知らなかったと気づいた。

何も知らなかった自分に罪悪感のようなものを感じたと同時に、先生のことをもっと知りたいという感情が湧き上がって、何か言わなきゃと思ったその時だった。

「素直になるって……案外難しいな」

先生が呟いた。

「そうですね」

そう答えていた。

「俺は筋金《すじがね》入りの不器用人間だからさ……」

「それは私も同じです」

もっと楽な生き方ができたのに、頑《かたく》なになっていたのかもしれない。

今はこんな時だからなのか、それとも野村さんが私たちをそういう気持ちに仕向けたのかわからないが、素直になりたいという気持ちに駆られている。

だけど、それをどう言葉にしたらいいのかわからず……。

ただ一番に思うのは、先生のそばにいたいという気持ち。
先生に寄り添い、私にだけ素直な先生を見せてほしい。
どんな先生も受け止めたいから……そう思い顔を上げた。
すると先生と目が合った。
まっすぐに私を見つめる目に、引き込まれそうになる。
素直が一番よ。
その言葉が私の背中を後押ししているようだった。
その時ベランダの手すりに乗せていた手に先生の手が重なった。
ふと脳裏《のうり》に浮かんだのは、先生には好きな人がいるという事実。
今なら振り解《ほど》くことはできる。
これ以上彼に近づいてはいけない。
このままだと、私は彼のことを本気で好きになってしまう。
心の中で葛藤《かっとう》する。
でも別の声が聞こえる。
自分の気持ちに素直になりなさい。
好きなんでしょう？　先生のことが好きなのよね？

認めなさい。
私は振り解けなかった。
すると先生の手に力が入り、同時にその手をギュッと掴まれた。
そして自然と距離が近づく。
不思議と緊張はなかった。
自分の気持ちに素直に従ったから。
ゆっくりと目を閉じると、少し後に唇に熱を感じた。
生まれて初めてのキス。
だが、それはとても短い時間だった。
目を開けると、
「嫌なら離れてくれ」
と言った先生。
その眼差しはとても優しく、離れることなどできそうになかった。
だって、先生のそばにいたいってことが今の私の素直な気持ちだから。
私は彼の目を見つめ、
「離れません」

と答えていた。

すると先生が何やらぼそっと呟いたのだが、私の耳には届かなかった。

そして再び唇を重ねた。

といってもキス初心者の私は、彼のキスをただ受け入れることしかできなかったけれど。

脳裏に浮かんだのは、私たちの結婚生活だった。

愛のない契約結婚で、マイナスからのスタート。

いつまで続くのか不安だった毎日。

だけど、そんな毎日に日を追うごとにプラス要素が加わって、白黒の結婚生活に色がつき始めた。

それでも今一歩踏み込めなかった彼への気持ち。

認めたくなかったから。

彼を好きになっている自分を……。

この結婚が永遠に続くことはないとわかっていたけど、今の私は自分の素直な気持ちを優先したかった。

長いキスで火照《ほて》る体を労《いたわ》るように、彼が優しく抱きしめた。

そして彼が耳元で囁《ささや》いた。

「唯がほしい。それが俺の素直な気持ちだ」

胸がキューッとなって甘い痛みが全身を走った。

痛いのに嬉しさが込み上げてくる。

誰かをこんなに愛おしいと思ったのは初めてだった。

私は黙ってコクリと頷いた。

すると彼が私を抱き上げた。

「え？」

驚く私を振り切るように、先生は私を抱き抱えたまま寝室へ向かった。

この後の展開はわかってるけど、私お風呂にも入っていないのに。

「廉斗さん、私帰ってきたばかりで」

そう訴えるがスルーされてしまった。

先生は私をベッドに下ろすと、そのまま覆い被さるように私を見下ろした。

「やっと、唯を俺のものにできる」

そう言うと再びキスをした。

だけど私はちょっと混乱していた。

『やっと唯を俺のものにできる』

どういう意味？

だけど、その言葉の意味をゆっくり考える暇を先生は与えてくれなかった。

全身に注がれる甘い熱と初めての恥ずかしさ。

だけど、それ以上に溢れる思い。

「唯……唯……」

私を呼ぶ甘い声。そして優しいけど時に激しく触れられ、彼に何度もしがみつく。

「唯、大丈夫か？」

「は、はい」

そう答えるのがやっと。

それでも今この瞬間、こうやって彼のそばにいられることに幸せが溢れていた。

結婚してからこんなにも彼を愛おしいと感じた日はなかった。

でも結局、どうしても素直になれなかったことがある。

それは好きと、自分の気持ちを声に出せなかったこと。

6　素直になるのは難しい

彼女が俺のベッドで、小さな寝息を立てて眠っている。

正直こんな日が来ようとは思ってもいなかった。

いや彼女と結婚できるなんて、あの頃の俺は想像もしていなかっただろう。

遡《さかのぼ》ること二年前。俺は外科医としての腕を磨くため、世界的に有名な外科医の藤《ふじ》森《もり》先生のいるアメリカの大学病院で多くを学んでいた。

帰国したのは、宇喜田病院に外科医として就任するためだ。

本当は院長の息子という扱いをされるのが嫌で、帰国したらしばらくは別の病院に勤務するつもりだった。いずれ折を見て宇喜田病院にと思っていたのだが、院長である父から帰って宇喜田病院に勤務するようにと促された。

医師が数名開業するために退職するから、ということだ。

この年齢になって父親の言いなりになるのはお断りだが、宇喜田病院の跡継ぎという自覚はある。だから人手不足の病院を助けるのは仕方ない、と帰国を決断した。

帰国後はゆっくりする間もなく宇喜田病院に着任した。

ところが、俺を待っていたのは周囲の医師や看護師の不可解な態度だった。

妙に距離をとられる。声をかけようとしても、目が合うと逃げて行ってしまう。父親が院長ということもあり、着任したばかりの頃の俺は、みんなから怖がられているようだった。

腫れ物に触るような、というのだろうか。変な持ち上げ方をされて居心地は最悪だった。

特別扱いはしないようにと何度も釘を刺したが、改善される気配はなく、俺はその空気になかなか馴染めずにいた。

俺はなんのために帰ってきたんだ？　病院を助けるために帰ってきたのに、逆に俺がいるために周りの動きがギクシャクしているじゃないか。

医療の現場で大切なのは他者とのコミュニケーションだ。それもアメリカで学んできたつもりだったのに、人間関係はマニュアルどおりにはいかない。元々不器用な俺は頭を抱えてしまった。

そんな時に唯と出会った。

彼女は病棟看護師として働いていた。

患者に対していつも笑顔で接していて、いつ見ても笑顔を絶やすことがない。

それは医師や同僚の看護師に対しても同じだった。

「宇喜田先生、すみませんがご相談が？」

師長以外の看護師で初めて声をかけてくれたのは彼女だった。

一度通りすがりに、唯と先輩看護師が会話しているのを耳にした。

「よく普通に声をかけられるね～。私なんかあんなイケメンを目の前にしたら緊張して声かけられないよ」

「え？　そうですか？」

「田辺さん、ドキドキしないの？　宇喜田先生ってあんまり表情が変わらないし、近寄りがたいっていうか冷たい感じがするじゃない。みんな緊張するって言ってるよ」

「そうなんですか？　私はドキドキはしないですよ。それよりも先生の説明は丁寧だし、案外話しやすくて助かってます」

「そうなんだ、じゃあ今度トライしてみようかな」

自分が腫れ物にでも触るような態度をとられていた理由を知って、愕然《がくぜん》とした。

自分でも気づかなかったが、俺は無意識のうちに他のスタッフとの間に壁を作っていたのかもしれない。

そんな俺を唯がフォローしてくれているようでちょっと嬉しかった。

他にも患者の中には嫌味を言う人や、わがままを言う人もいるが、それを上手にかわす姿には感心していた。

誰にでも好かれる彼女の身の処《しょ》し方《かた》は、業務を円滑《えんかつ》に進めるためのリレーションシップ構築に大いに参考になった。俺は彼女から、人間関係に必要なのはマニュアルではなく、心から相手を思う気持ちだと学んだ。

それ以来俺は、患者に対しても積極的に声をかけるようにしたし、医者だからとか看護師だからとかではなく、同じ現場で働いているものとして誰とでも分《わ》け隔《へだ》てなく接するように心がけた。

その結果みんなとの距離は少しずつ縮まり、現場の雰囲気はとてもよくなった。

唯は俺が無意識のうちに張り巡らしていた壁をものともせず、それをぶち壊して俺を外に引っ張り出してくれたのだ。

もちろんそのことを唯は知らないと思う。

そんな彼女だが時々どこか寂しげな表情を見せることがあった。

それは決まって周りに誰もいない時。

といっても、その頃は特に彼女のことが気になっていたわけではなかった。

だが、そんな俺の心を揺さぶるような出来事が起こった。

難しいオペが終わり外の空気を吸いたくて屋上で休憩をしている時だった。

天気もよく、風が心地よくてついうとうとしてしまった。

目が覚めると、誰かの話し声が聞こえてきた。

そこにいたのは唯と女性患者だった。

患者は俺が担当している二十代前半女性の川村《かわむら》さん。

甲状腺腫瘍で甲状腺を片方摘出した。

「どうしよう~やっぱり恥ずかしいっていうか、マジ最悪」

回診の時の彼女はとても明るくて、清楚《せいそ》なイメージの患者さんだっただけに今の話し方に驚いた。

「七海《ななみ》が気にするほど大きな傷にはならないはずよ。先生が綺麗に横切りしたから」

「横切りウケる」

「もう、真面目に言ってるのに~」

誰もいない屋上での会話は丸聞こえで、聞きたくなくても聞こえてきた。

だが、戻るにしても彼女たちの横を通らないと中に入れず、彼女たちの会話が終わるまで黙って待っていた。

「そうかな～」

「そうよ。気になるならお店に出る時、チョーカーみたいなものを巻くのもいいし、自分が思っているほど周りは気にしてないよ」

「なんかアズサさんにそう言われると――」

彼女が人差し指を口に当てた。

「ここではその名前はなし」

「あっそうでしたね。でも～大変じゃないです？　この仕事」

「うん。でも看護師って仕事が好きだから」

「そっか～。でもジュリさんのピンチヒッターの時は来てくださいよ」

さっきからアズサだのジュリだの聞いたことのない名前が出てきて、話の内容が全く掴めない。

「その時はね。時間が合えばだけど……それより私のことみんなには言わないようにね」

唯が釘を刺した。

「わかってますって。看護師さ～ん部屋戻りたいで～す」

「はいはい。お部屋に戻りましょうね～」

二人は笑いながら屋上を去った。

この時は単に何だったんだという感じだった。

だが、一年後に屋上での会話の本当の意味を知ることになった。

大学の時の友人の結婚式の帰りに、仲のよかった友人だけで飲みに行くことになった。

タクシーに乗り目的地へ向かう。

降りた場所は繁華街《はんかがい》で、いわゆる高級クラブも多く並んでいた。

とはいっても俺たちが向かった先は女性がいる店ではなく洒落《しゃれ》たバー。

もちろん俺は、いつ病院から連絡が来ても動きがとれるように酒は飲まないと決めている。

「宇喜田、本当に飲まないのか？」

「ああ」

「お前は本当に真面目だな～」

「なんとでも言え」

そう軽口を叩き合いながら、友人が店の扉を開けようとした時だった。

「ジュリちゃん、また来るから」

「ありがとうございました。またお待ちしてます」

聞き覚えのある名前に声のするほうに視線を移すと、大きな花柄をあしらった、ノースリーブのワンピースに身を包んだ女性がお客のお見送りをしていた。

——え？

俺は自分の目を疑った。

髪型を変え派手なメイクをしていても、俺には彼女が唯にしか見えなかった。

彼女はお見送りが終わると、店に入って行った。

「おい、宇喜田どうかしたのか？」

「え？　ああ……いや別に」

友人は俺の見ていたほうを見ると、

「ああ、あの店ね。会員制の高級クラブ。一見さんは入れないんだよ」

「……高級クラブ」

彼女がなんであんな店で？

それからバーに入ったのだが、俺は上《うわ》の空《そら》だった。

なんというか見ちゃいけないものを見たようなというか、なんとも複雑な気持ちだった。

だが、その日を境に彼女に対する態度が変わってしまったのだ。

別に俺に迷惑をかけているわけでもないし、仕事は至って真面目。

患者に対しての接し方も申し分ない。

彼女は採血が上手で、針が刺さっても痛みがないと患者からよく聞いていた。

それなのに、知らず知らずのうちに、俺は彼女に対して厳しく接していたし、なぜそのような態度をとっていたのかもわからなかった。

思えば俺は相当面倒な男だったと思う。

厳しく接しているくせに、彼女のことが気になる。

彼女がどうしてあの店にいるのか。

それに時々物悲しそうな目をしている理由も気になった。


そんな時、父親からそろそろ結婚を考えてみてはどうだと、縁談話が来るようになった。

まだその気にはなれないし、相手は自分で選ぶ。

そう答えても、父の言い分は早く結婚して孫の顔を見せろの一点張り。

要は俺の次の後継者のことで頭がいっぱいなのだ。

次から次へと持ち込まれる縁談。

全部を断るわけにはいかず、五回に一度ぐらい、親の顔を立てる意味でお見合いをしたこともある。

父の持ってくる縁談は、大企業の社長令嬢や大物政治家の孫娘など申し分のないお嬢様ばかり。

しかし会話はテンプレートを貼り付けたようなもので、相手の本心は全く読み取れない。

そんな時いつも思い浮かぶのはどういうわけか唯の顔だった。

唯の笑顔や、ちょっとした仕草だったり、俺の態度に傷ついているのを必死に隠そうとして口を固く結んでいる時の顔。

見合い中に別の女性のことを考えてるのだから縁談が進むわけもなく……。

だがそんな俺の本当の気持ちに俺本人より早く気づいたのは、何を隠そう、入院患者の野村さんだった。

どことなく雰囲気が死んだばあちゃんに似ていて、俺は野村さんの前だと素《す》の自分を出せた。

「先生、あの看護師さんのことが好きなんでしょ？　名前は田辺さんだったっけ？」

最初は何を言っているんだと否定していた。

好きだという自覚はなかった。ただ、俺の知らない裏の顔を持つ彼女にどう接して
いいかよくわからず冷淡になってしまっただけだ。自分ではそう思っていた。

「好きな子に意地悪したくなる……まるで小学生だね」

「野村さん？　なんてことを」

野村さんは焦る俺を無視しながら話を続けた。

「先生は自覚がないんだね。でも先生があの子を見る目は間違いなく恋だよ」

それでも俺は納得できなかった。

俺が彼女を？　彼女は優秀な看護師だが、大勢いるスタッフの一人に過ぎないのだ。

単なる仕事仲間の一人であって、恋愛対象ではありえない。たぶん野村さんは入院生
活に退屈して、からかう相手を探しているだけだろう。

だが、野村さんは俺の顔を見るたびに、彼女の話を振ってくる。

最初のうちは聞き流していたが、そういう態度はすぐに相手に伝わるわけで、

「先生、患者の声にはちゃんと耳を傾けること」

と注意までされる始末。

「野村さんのお気持ちはありがたいですが、僕のプライベートなことはいいからご自身の治療に専念しましょう」

と言ったものの野村さんが素直に聞くわけもなく、おせっかいは続いた。

俺はというと、やっぱり彼女のことが気になってはいたものの、それが恋愛感情からくるものだとは思っていなかった。

一方で親からの縁談話は相変わらず続いており、毎回断る理由に悩む毎日だった。

そんな時だった。

アメリカでお世話になった藤森先生が日本に帰ってきていると聞いて、お会いすることになった。

先生が贔屓にしている寿司屋に連れて行ってもらった時のことだった。

俺たちの横をひと組の客が通り過ぎた。

少し派手なメイクに鮮やかなワンピース姿の女性と、身なりの整ったスーツ姿の男性。

そのお客たちはカウンター席に案内されたのだが、それが唯だとわかった。

「宇喜田くん、どうかしたかい?」

俺がよっぽど驚いていたのだろう、藤森先生に心配される始末。

「い、いえ、なんでもありません」

でも実際はなんでもありませんどころではなかった。

相手の男はどこの誰だ？

もしかして同伴ってやつか？

二人はいかにも仲よさそうに身を寄せあって談笑している。

俺の知らない男と楽しそうにお酒を飲みお寿司を食べる彼女の姿に、焦りと苛立ちを感じた。

本来、彼女がプライベートで誰と付き合おうと、俺に口を出す権利はない。

それなのに藤森先生と会話しつつも、彼女のことが気になって仕方がない。

「君は、誰か決まった相手がいるのかね」

「は、はい？」

気持ちがカウンターに集中している時、急に質問されてびっくりしてしまった。

「いや実はね、うちの一人娘がね……といってももうすぐ三十になるんだが、なかなかいい相手が見つからなくてね。もし宇喜田くんに――」

「大変ありがたいお話なのですが、自分には――」

咄嗟に姿勢を正し頭を下げた。

「ああ、いい。君みたいな男前にはもう決まった相手がいるのはわかっていたんだが、ダメ元で聞いてしまった。すまなかったね。もう忘れてくれ」

その時には、もう気づいていた。

断った瞬間に浮かんだ彼女の顔、俺は唯のことが好きだったと。

心のどこかでわかっていた。認めたくなかったのは、たぶん怖かったからだろう。

俺が最初から好意を持っていた彼女は、笑顔で人を癒す看護師。そんな彼女が花街で男性をもてなすホステスという裏の姿を持っていたなんて、知りたくなかった。

何か事情があってのことだったのかもしれない。

でも不器用な俺は、唯に正面切って事情を問うこともせず、自分の感情を見てみぬふりで隠すことしかできなかった。

それなのに唯がお客と楽しそうに話し、酒を飲んでいる姿を見て嫉妬していた。

なんでこの男に満面の笑みを見せているのに俺に対してはあんなに無表情なんだ？

いや、わかっている。俺が自分の感情に当惑して、彼女に厳しく接してしまったからだ。

好きだと自覚したものの時すでに遅し。

俺のとってきた行動は稚拙で、嫌われてもおかしくないレベルだった。

だからといって急に態度を変えることもできず、時間だけが過ぎていった。

それから半年ほど経っただろうか、野村さんが再び入院することになった。

彼女の病状から見て再入院は想定内だった。

前回は別の病気で入院していたのだが、その時に大腸がんが見つかったのだ。

野村さんの年齢などを考慮しあえて積極的な治療をせず経過を見ていたのだが、症状が急に悪化してきたため今回の手術入院が決まった。

「先生、今回もお願いしますね」

「こちらこそ、よろしくお願いします」

と挨拶を交わし、早速今回の手術についての説明をしようと思ったら、

「で？　あの子とはどうなったの？」

自分の病気のことより、俺と彼女のことが気になる野村さん。

「今はご自身のことを考えましょう」

と返すが、向こうは一枚も二枚も上手《うわて》だ。

「あら～、進展なしってことね。しょうがないわね～」

と呆れられる始末。

「野村さん、説明に入っていいですか？」

「先生、母がすみません。説明お願いします」

野村さんの息子さんが間に入りやっと説明に入ることができた。

野村さんは二日後に手術を終えた。

術後の経過は順調と言いたいところだったのだが、がんが肺に転移していることがわかった。

こちらに関しては正直手の施しようがなく、ご家族にそのことを説明し、今後どのような治療を進めていくかを話し合った。

ご家族のご意向で、本人に細かい症状や余命に関することは言わないでほしいとのことで、野村さん本人にはさらっと説明したが……。

「どうせ息子たちに言われたんでしょ？　大丈夫よ、私は元看護師だから覚悟はできている」

まっすぐな目で俺を見る野村さんに、俺は正直に話をした。

全てを知った野村さんは、大きく頷いた。

「先生ありがとう」

その時の表情を見た時、胸が痛くなった。

どうしても重なってしまうのだ。

亡くなった祖母の姿と……。

それから数日後のことだった。

野村さんの病室の前を通った時に、唯と野村さんが話をしているのが目に入り、思わず足を止めた。

「田辺ちゃん」

「はい」

「私ね、さっき告っちゃった」

「え？ 誰に告白したんですか？」

「そんなの決まってるじゃない。宇喜田先生よ」

告白とはなんのことだろう？ そんなことをされた覚えはないが。野村さんが何を言いたいのかわからず、不審に思う。

すると、野村さんと目が合ってしまった。

立ち聞きしていたのを気づかれ、焦ってその場を去ったのだが……。

それから数時間後、むくみが出てきているとの報告を受け、野村さんの病室へと向かった。

確かに少し足のむくみが気になるものの、本人はそこまで苦にしていないようで、少し様子を見ることになったのだが……。

「あれは一筋縄《ひとすじなわ》じゃいかないね」

いきなりこんなことを言われてもなんのことやら。

「あの……それは」

「私ね、さっきかま掛けてみたのよ」

「はい？」

「告白したって言ったら田辺ちゃんがどんな反応するか見てみたくてね」

興味本位なのか親切心なのか……。

おふざけはやめてくださいと言おうとしたが、一筋縄じゃいかない理由が気になり、野村さんの次の言葉を待った。

「今のとこ脈なしだね。恋愛対象として見ていないね。関心がないんだろうね～。でも私は先生と田辺ちゃんは絶対に相性がいいと思うんだけどね～」

相変わらず、自分の病気より俺のことが気になるようだ。

「その辺はわかってますから」

「いや、そうじゃなくてね、なんかいろいろと抱えているものがあるっていうんだろうね～。ま～私の勘だけどね。でも先生なら田辺ちゃんのそういうところも包み込んでくれる気がするんだけど」

野村さんが言うほど、俺は包み込めるような人間ではない。

そもそも小学生レベルだから。

「なんかね、昔の自分を見ているみたいで、焦ったのよ」

野村さんのご主人は医師だったそうで、しかも性格が俺に似た感じだったのだそうだ。

患者にまで心配されるとは……。

そんな矢先、俺たちの運命を変える出来事が起こった。

大学時代の親友で、今は名古屋で美容整形クリニックを開業している佐藤が、仕事の関係でこっちに来るから二、三日泊めてくれと連絡してきた。

佐藤は東京《とうきょう》に来るたび、俺の家をホテルがわりに使っている。

「相変わらず縁談話は断ってるのか？」

「ああ」

「イケメンなのに、女の影もないから親父さん疑ってんじゃないの？」

「何を？」

「恋愛対象が男だって」

「なわけないだろう。大体、俺には――」

好きな人がいると言おうとしてやめたが、

「俺にはって……まさか彼女ができたのか？」

佐藤が身を乗り出した。

「いないよ」

「じゃあ、片想いか～」

素直にそうだと返事をするのが嫌で黙っていると、佐藤はニヤニヤしながらスマートフォンを手に取った。

そして俺に背を向けながらどこかに電話をかけた。

小声でボソボソと話しながら時折俺をチラッと見て、親指を立てていた。

一体誰に電話をかけているのだろう。

すぐに電話が終わると俺のほうを向き、

「明後日楽しみにしてろよ～。いいところに連れてってやるよ」

と言い出した。

「いいところってどこだよ」

「それは着いてからのお楽しみ。とりあえず明後日は空けとけよ」

と言ってそれ以上のことは教えてくれなかった。

だがその『いいところ』というのが、まさか唯を見かけたあの店だとは思いもしなかった。

「おい、ここって」

「クラブ　カナリー、会員制の高級クラブ。一見さんは入れないんだぞ～」

佐藤のテンションが上がっている。

逆に俺は緊張で落ち着きを失いかけている。

もしかしたら彼女がここで働いているかもしれないからだ。

「おい、廉斗どうした。行くぞ」

「あ、ああ」

店に入ると大きなシャンデリアが出迎えてくれた。

そして男性スタッフが席に案内してくれた。

しばらくすると、数名の女性が来て座り、そのすぐ後に入ってきたのが彼女だった。

「佐藤様、お待ちしておりました」

「ジュリちゃん、久しぶりだね」

「本当ですよ。でもお元気そうで」

「体だけは丈夫だから俺」

そんな二人の挨拶を、俺はどんな顔で見ていたのだろう。

間違いないのは、目の前にいる女性が田辺唯だということだ。

今口を開けば俺の悪い癖が出てしまう。

佐藤の顔もあるから下手なこともできない。

自《おの》ずと視線は別のホステスに向けられることになった。

ほかならぬ佐藤の係が彼女だったことも青天《せいてん》の霹靂《へきれき》だった。

病院では見せない派手なメイク。

普段はひとまとめにしている髪を下ろし、胸元の開いたドレスを着ている彼女を見ていたら、怒りのようなものが込み上げてきた。

いや、怒りというよりも嫉妬だ。

こんな笑顔を俺以外の誰にでも向けているのか？

そう思った瞬間、彼女を誰にも渡したくないという衝動《しょうどう》に駆られた。

もちろん、彼女は仕事としてやっているとわかっていてもだ。

結局、店で彼女と交わした会話はほんのわずかで、俺は別のホステスからの質問に答えながら気を紛《まぎ》らわしていた。

店を出ると、唯たちが見送りに来た。

名残惜《なごりお》しそうにしている佐藤とは逆に、俺はほっとしていた。

タクシーに乗り込むと、

「つまらない男だな、お前は！　もっと人生を楽しめ！」

佐藤が俺の背中をバシッと叩いた。

「楽しんでたよ！」

投げやりに答えると、

「いや、全然楽しそうじゃなかったし……」

と佐藤は急に真顔になって言った。

確かに楽しくはなかった。でも佐藤に悪気はない。

むしろ俺を元気づけようとして連れて行ってくれたのに、俺の態度は酷《ひど》かった。

「悪かった。初めてで緊張したんだよ」

「それならいいけど……今度からは廉斗一人でも客として迎えてもらえるからさ、また気が向いたら行ってみろよ」

「ああ」

佐藤は翌日の昼に帰って行ったのだが、俺はずっとモヤモヤしたままだった。

勤務中でも、休憩している時や、一人になると思い出すのは、ホステス姿の唯だった。

俺はどうしたいんだろう。二つの顔を持つ彼女のどちらが好きでどちらが嫌いなのか？　両方とも彼女なのに。

一つ確実にわかっていることがある。それは、彼女を他の男の手に触れさせたくないということだ。

唯を俺だけのものにしたい。

これを恋と言わずしてなんと呼ぼうか。

認めざるを得なかった。野村さんの言うとおり、俺は彼女に恋をしている。

そんな時、今度は父親から電話が入った。

案の定、縁談話だった。

『廉斗、大手製薬会社の役員の娘さんとの縁談話があるんだが、一度会ってみないか』

「父さん、その手の話は全て断ってくださいと言ったでしょう。断る前提で会うなんて、相手に失礼です」

『それでも、会ってみなきゃわからんだろ。もしかしたらお前と合う女性がいるかもしれん。とにかくお前が結婚すると言うまで、いい話があれば知らせるからな』

こんな押し問答が二年前から続いている。

だけど、もうこんなことに時間を使いたくはない。

俺には、好きな女性がいる。

といっても彼女を俺のものにできる可能性は現状限りなく低い。

いや、今のままだと可能性はゼロだ。

でも、この気持ちに気づいた以上、諦めることはできない。

「じゃあ、俺が相手を連れてきたら？」

それは不意に出た言葉だったが、父は聞き逃さなかった。

『そういう人がいるのか？　いるんだったら会わせなさい』

はあ？　まだいるとは言っていないだろ？

だが父は連れてこないなら今までどおり縁談は全て受けてもらうと言って、一方的に電話を切った。

勢いであんなことを言ってしまったが、実際は相手もいないのにどうしたら……。

深いため息をつきながら階段を上っていた時だった。

仕事を終えたらしい唯が、すごい勢いで階段を降りてきた。

普通にお疲れ様と言えばいいのに、彼女の顔を見た瞬間、先日のホステス姿を思い出し足を止めた。

「お先に失礼します」

相変わらず、唯は俺のせいで目線を合わせようともしない。

なんだか急に、確かめたくなった。別に彼女をいじめたいわけじゃない。

ただ、衝動的に彼女の腕を掴んでいた。

驚く彼女の顔は怯えているように見えたが、もう後に引けない。

「いつからあの仕事をしているんだ？」

「あの仕事とは？」

彼女は視線を泳がせながらとぼけている。

彼女があの店で働いているのは事実だ。

確かに、人に言いにくい職業ではある。だが職業選択は個人の自由だし、副業自体禁止はしていないのだから開き直って素直に認めればいいのに、そうしないのはなぜだ？

彼女は視線を落としたまま黙秘を続けようとしている。そのことに俺は苛立った。

「バレてないと思ってるのか？　ジュリちゃん」

と言ってしまった。

だが彼女は、

「あの……ジュリってなんですか？」

とさらにとぼける。

「……とぼけても無駄だ。君がどんなにメイクで誤魔化したとしても俺には通用しない」

彼女は俺の質問に答えようとしない。

イライラはさらにヒートアップして、ついに、

「どうしてあの店で働いているんだ」

と直球を投げることになった。

だが、そんな彼女から意外なことを告げられた。

「借金返済のためです」

これは正直想定外だった。

と同時に、俺はまた彼女を傷つけたと思った。

こんなデリケートなことを無理やり言わせたんだから。

俺の中では、単にお金を貯めたいとか、看護師より稼《かせ》げるから、とかそういう安易な理由でホステスをしていると思っていた。

だが本当の理由を知って、その考えが変わった。

「いくらあるんだ」

もちろん彼女は、プライベートなことだからと最初は教えてくれなかった。

だがしつこく聞くと渋々五百万と答えた。

「その借金がなくなれば、あの店で働く必要はないんだな？」

「もちろんそうですが……」

その言葉を聞きながら俺はある計画を考えていた。

借金を肩代わりすることと引き換えに、俺と結婚してもらう。

もちろん借金のことは今初めて知ったのだから、前々から計画していたものではない。その場の思いつきのようなものだ。

しかしそう言わなければ、借金返済が終わるまで彼女はずっとホステスとして俺の知らない男たちに笑顔を売り続けるだろうと思ったし、元々嫌われている俺に、なんの利益もなく彼女が振り向いてくれるとは思えなかった。

普通に考えれば無茶苦茶なことを言っているのはわかっていた。

これでもし彼女が受け入れなかったら？　なんてことはもう頭にはなかった。

病院の階段で付き合ってもいない女性に突然プロポーズをするなんて、どうかしている。

しかし一度動き出したら、もうこの気持ちを止められなかった。

半ば強引なプロポーズに困惑する彼女の顔を見たかったわけじゃない。

だけど、交換条件も出さずただ借金返済を助けたいと言ったところで、唯がその申し出を受けるとは到底思えなかった。

これでもし彼女からいい返事が聞けなければ、彼女への思いも封印しようと思っていた。

ところがなんと、彼女は俺の提案を受け入れた。

正直半信半疑だった。

しかし、俺との結婚を受け入れると言った時の彼女の目に嘘はないと感じた俺は、約束どおり残りの借金を全額返済し、夫婦になった。

それからの結婚生活は、俺が最初に想像していたものとは違っていた。

甘い新婚生活とは全く無縁で、お互いにぎこちなくよそよそしい。

そんな暮らしは予想していたのだが、そんな俺たちの距離に変化が起こったのはたぶん彼女が遅く起きた朝だったと思う。

結婚当初の唯は、奥さんというより家政婦に近い感じがした。

それはたぶん、俺が彼女の借金を肩代わりしたことへの後ろめたさとか、申し訳なさからくるもので、家事ぐらいは自分がやらなければいけないという空気が彼女からありありと感じられた。

もちろん、俺のほうではそんなことはこれっぽっちも思っていない。

逆に俺のわがまま満載のプロポーズを受け入れてくれたことに、感謝しかない。

それに唯は三交代制勤務だ。家のことをハードスケジュールの唯にだけ任せるつもりは最初からなかった。

だからやれる人がやろうということになり、そのことがきっかけで急激に距離が縮まった。

といっても、単なる仕事仲間から友達に昇格したようなもの。

本当の夫婦には程遠いものだった。

だけどそんな俺たちの距離をより一層縮めてくれた存在がいた。

トイプードルのナナだ。

ナナが会話のきっかけを作ってくれたのか、唯との距離が随分縮まり友達以上恋人未満にまでなった。

だがそれ以上の進展はなかった。

もちろん、本当の意味での夫婦になりたいという気持ちは結婚した当初から持っていた。

でもこれ以上を望んで今の関係が壊れることを恐れ、先へ進むことを躊躇していた。

それに俺だけが思っていてもどうにもならない。

彼女が自然に俺を受け入れてくれないと意味がない。

交際期間もなく、態度の悪い俺との結婚を受け入れてくれただけでも奇跡だし、唯がホステスを辞めたことも俺にとってはとてもありがたいことで、これ以上を望んではいけない気もした。

もちろん彼女に触れることができないもどかしさはあるが、彼女が俺の前で笑ってくれることが今の俺の最大の幸せだった。

そんな矢先、野村さんが救急搬送される事態が起こった。

次に入院となれば命の保証はできないということは本人に説明をし、野村さんはそれに納得していた。

しかし思っていた以上に病状は進行していた。ここでできることは痛みを和らげることくらい。何より本人は早く自宅に戻りたいと思っている。

野村さんの容態は奇跡的に安定し、普通に会話ができるまで回復したが、油断できない状況だというのは間違いない。

既に自力では歩けなくなっていた。

そんな時に唯から、野村さんとデートしてくれと頼まれた。といっても野村さんはもう自力では歩けないので車椅子で中庭に行くぐらいしかできない。

それでも翌日、時間を作って野村さんと中庭へ行った。

「わがまま言ってごめんなさいね」

「いえ、僕も野村さんとおしゃべりしたかったから、楽しみです」

「相変わらず人たらしだね。でも先生、幸せそうで私は安心したよ」

「え？」

「田辺ちゃんと結婚したって聞いた時は本当にびっくりしたよ。だって先生があの子を落とす可能性はゼロだって思っていたしね」

俺たちが結婚した時、野村さんは一時退院していた。

外来でそのことを聞いてわざわざ病棟まで唯に会いに来てくれて、俺にもお祝いの言葉をかけてくれたのがつい最近のことのように思える。

確かに普通にアプローチしていたら、絶対に振られていた。

まさか彼女の借金を肩代わりするという条件付きで結婚したとは、口が裂けても言えないが。

「田辺ちゃんも先生と結婚してから表情がイキイキして……やっぱり私の目に間違いはなかったね」

「そうですね。野村さんには感謝してます」

「そりゃそうよ。だってお互いに気づいてなかったんだもの。でもね、それも私が昔経験したことと似ていたからアドバイスできたと思うのよね」

野村さんとの中庭デートは体調を見計らい、あまり長い時間できなかったが、俺たちのことを誰よりも気にかけてくれた人だから、お礼が言えてよかったと思う。

病室に戻るエレベーターの中で野村さんは、しつこいようだけどと前置きをし、

「夫婦円満の秘訣は、素直になることだからね」

「はい」

素直な気持ちで返事をすると、野村さんは大きく頷き、

「あっ、もう一つあった。夫婦だからといって言わなくてもわかるだろう、なんてことはないからね。口にしなきゃ伝わらないことはたくさんある。夫婦だからこそ会話が重要なの。だからたくさんお話ししなさい」

人生の先輩の言葉には重みがある。

「はい。わかりました」

「二人の赤ちゃん見られたらよかったんだけどね」

とても小さな声で呟く野村さんに、俺は何も言えなかった。

その後野村さんは退院。

自宅療養へと切り替わったのだが、数週間後にご家族が挨拶にこられ、野村さんがお亡くなりになったことを知った。

「先生をはじめ皆様には本当に感謝しております。生前母はここの病院でよかった、辛いこともあったけど楽しいことのほうが多かったと言っておりました。そしてわがままを聞いてくれてありがとうと言ってました」

医師である以上、人の死に立ち会うことは少なくない。

一人ひとりに感情移入していたら、メンタルがもたなくなり医師なんてやっていられなくなる。

だから割り切って仕事をしなければならないのだが、野村さんだけは例外だった。

余命が短いことはわかっていたし、その中で医師としてできることをと思っていたのに、自分は本当にできたのだろうか。

もっと他にやれることがあったのではと自問自答した。

こんなふうに思うことは今までなかった。

それはおそらく自分の不器用な気持ちを誰よりもわかってくれて、背中を押してくれた人だから、それと亡くなった祖母の面影を感じたからだろう。

そんな思いを抱いたまま帰宅し、一人ぼーっとしていた時だった。

唯が俺のそばに寄り添って、話を聞いてくれた。

俺はそんな唯の優しさに甘えてしまった。

頭ではこれ以上近くにいたら自分の思いを抑えられなくなるとわかっていたのに、気持ちが抑えられなくなっていた。

初めて唯の唇に触れた途端、身体中に電流が走った。

もっともっと唯を知りたい。

もっともっと唯に触れたい。

この思いに従いたかった。

抱きしめたら抱きしめた分だけ思いが溢れ、制御が効かなくなっていた。

だけど唯は抵抗しなかった。

それが俺に対する答えなのか、わからない。

そんな時に野村さんが言った言葉を思い出す。

『夫婦だからといって言わなくてもわかるだろう、なんてことはないからね。口にしなきゃ伝わらないことはたくさんある』

本当にそのとおりだ。彼女がどんな思いで俺を受け入れたかなんて言葉にしてくれなきゃわからないし、俺が言葉にしなきゃ唯に伝わらない。

だけど、この期《ご》に及《およ》んで俺は臆病《おくびょう》だった。

たった二文字の好きという言葉を口にすることができなかった。

本当はずっと口にしたかった言葉で、彼女の耳元で何度も囁きたかったのに。

それでも唯は俺に身を委《ゆだ》ねてくれた。

ただ、唯の初めての男が俺だったことは驚きだった。

でもそれ以上に、俺が唯の初めての男であり夫であることがたまらなく嬉しかった。

7　揺れる思い

「……い……唯？」

「え？　あっ、ごめん」

「もう～何ぼーっとしてるの？　もしかして先生のことでも考えてた？」

和葉が肘で小突く。

「そ、そんなことないって～」

そう言ったものの、実際は先生のことばかり考えていた。

先生と一線を越えてしまった。

夫婦なのに何を今更と思うかもしれない。

でも私たち夫婦は恋愛でもお見合いでもない。

そこに愛はなかったし、好きになる予定すらなかったのに、好きになってしまった。

こんなこと予測もしていなかったし、そんな自分に気づいてもいなかった。

でも彼のことを好きだと自覚した途端大変なことになった。

いつも彼のことばかり考え、胸はドキドキ。

それはいいことも不安な時もあり……。

よく考えると、こうなる前から最近は常にドキドキしていたような気もする。

でも彼の気持ちは私に向いていない。

そんな中で私たちは越えてしまった。

大好きな人に受け入れてもらえて喜ぶ反面、本当にこれでよかったのだろうか、と
ここ最近そのことばかり考えていた。

そもそもこの結婚は、先生が心底好きな人と一緒になるための時間稼ぎのようなものだと思っている。

直接本人からそのようなことを言われたわけではないけれど、先生の友人の佐藤様から、先生にはずっと思いを寄せている人がいると聞いていた。

彼の親友が言うのだから間違いないはず。

だからプロポーズを受けた時、お互い恋愛感情はなく目的があっての契約結婚だと思って割り切っていたのに……。

きっとあの時は悲しさとか、人恋しさ？　で私を求めたのだと思う。

それを承知の上で私は受け入れたはずだったのに、逆効果だった。

さらに先生のことが好きで好きでたまらなくなってしまった。

でも私の場合今までそんな経験なくて、言ってしまえば先生が初めての人で、そのこともバレてしまった。

先生はそのことに関して何も言わなかったけど、面倒だと思わなかったのかな？

今まで以上に嫌われたらどうしよう、とか思うのって変かな？

だけど先生の態度は相変わらず優しくて、それに甘えている自分。

この気持ちをどこにしまっておけばいいのか……。

もう、何がなんだかわからなくなる。

でも今思うと迂闊《うかつ》に好きだと告白しなくてよかったと思う。

だって、好きだなんて言ったら、ギクシャクしてしまう可能性大だから。

だけど、切ない。

恋って、こんなに胸が苦しくなるの……。

とにかく私にできることは先生の迷惑にならないこと。

それなのに、あの日を境に先生との距離がさらに近くなった。

いや、近すぎると言ったほうがいいのかもしれない。

最近、私は自分のベッドで寝ることが少なくなった。

私が自分のベッドで寝ようとすると、先生がこっちにおいでと言わんばかりに、私の手を掴む。

私は好きだから受け入れてしまうけど、もし別れが来たら耐えられるのだろうか。いや、先生への気持ちがマックスになった今、急に終止符《しゅうしふ》を打たれたら立ち直れない。転職しなくちゃいけなくなる。

それぐらい、私は先生を本気で愛してしまった。

先生には好きな人がいるって知っているのに……。

そんなある日、まさか私が結婚しているなんて思ってもいない妹の凜から近況報告メールが届いた。

凜は現在ニューヨークのダンスカンパニーでダンサーとして頑張っている。といっても一年間は研究生扱いなので、雑用もこなしつつ、多くのことを学んでいるそうだ。

カンパニーの仲間と撮った写真も添付されていたが、とても元気そうだった。

今の一番の悩みは言葉だそうで、ダンスを学びながら英語も勉強しなくちゃいけない。

一応七割ぐらいは聞き取れるそうだが、しゃべるとなるとそれは別物で、発音の難しさを実感しているという。

一日が短すぎるとメールに書いてあった。

だけど、日本にいた時よりもイキイキしているのが文面から伝わり、本当によかったと思う。

その反面しばらくは日本に帰れないけど、大丈夫？　と私のことを心配していた。

おそらく借金返済のことが気になっているのだろう。

まさか私が結婚して借金がチャラになったとはまだ言えず、お金のことは雪絵ママがなんとかしてくれたから心配しないで、今は自分のことだけ考えてほしい。

それに今まで多く返済してくれたのは凛なのだからと返信した。


それから二ヶ月が過ぎたある日、雪絵ママからランチに誘われた。

最後に会ったのは先生と結婚する少し前だから数ヶ月ぶりになる。

待ち合わせの場所は雪絵ママの知り合いの方が経営されているレストランで、予約の取れない店としてとても有名なお店だった。

レストランの個室に案内されると、ママは先に到着していた。

「すみません、遅くなって」

謝る私にママは首を振った。

「いいのよ。私のほうが早く来すぎちゃったんだから。それより元気そうね」

「おかげ様で」

「その分じゃ結婚生活も順調なのかしら？」

ママは全てを知っている。

「ぼちぼちかな？」

と首を傾げるとママがクスッと笑った。

「そういえばジュリからメールがあったわよ。アズは？」

「月一ペースできます。ママのメールに画像添付ありました？」

「あったわよ。あの子なら心配ないって思っていたけど、アズ同様、とってもいい顔をしていて本当に安心したわ」

ママにはいつも甘えてばかりで、何も恩返しができない。

そんな私ができることといえば……。

「これ、いつもの……」

スイーツ作りは得意じゃないけれど、唯一好んで作るのが、イングリッシュスコーンだ。

私もママもこのスコーンにブルーベリージャムをつけて食べるのが大好き。

デパートで買った無添加のブルーベリージャムと手作りのイングリッシュスコーンの入った紙袋を差し出すと、ママは嬉しそうにそれを受け取った。

「いつもありがとう。アズの作るスコーンと、ここのジャム大好き。お家でいただくわね。ねえ、食べるもの決めましょう。ここのランチ美味しいのよ～」

お店の外観からして高級そうだと思っていたが、メニューを見てその値段の高さに目を見開いた。

おまけにお料理の名前も、カタカナが多くて、なんとかソース添えとか書いてあるけど、初めて聞く名前でちんぷんかんぷん。

そんな私を見ていた雪絵ママが、

「今日は私がご馳走《ちそう》するって約束なんだから、好きなものを食べなさい」

それはわかっていたけど、でもさすがに左端の数字が大きくて……。

見かねた雪絵ママが、

「じゃあ、シェフのおまかせランチでどう？　私はいつもこれ一択《いったく》だから」

「はい。じゃあ私も同じもので……でもいいんですか、ご馳走になっちゃって」

ご馳走してくれるといっても、シェフのおまかせランチもかなり高い。

「いいのよ。本当にあなたは、あんな大病院の跡取りと結婚しても、ぶれてないわね。

「まあそこがいいんだけどね」

そう言うと、ママはおまかせランチを二つ注文した。

おまかせランチは旬《しゅん》の野菜や魚をふんだんに取り入れたコース料理だ。

盛り付けられた料理はどれも食べるのが勿体無いくらい綺麗で、お料理が出てくるたびにスマートフォンで写真を撮っていた。

特に美味しかったのは料理に添えられているソース。

「ん？　何これ、美味しい。何が入ってるんだろう」

口にする味があまりにも美味しくて、出される料理一つ一つに感動してしまった。

そんな私に雪絵ママは、

「見ているだけで楽しくなるわね」

と言ってくすくす笑っていた。

そして最後に来たデザート。これが本当に美味しかった。

フルーツがたくさん載ったタルト。

素材の味を活《い》かすため、タルト生地はあくまで引き立て役。

バターの香りはしっかりするのに全くくどくなくて、今まで食べたどのタルトよりも美味しくて、これじゃあ、他のお店のタルトが食べられなくなっちゃうと思うほど。

最初はメニューを見てその値段の高さに驚いたけど、食べ終わってみて納得できた。

食後のコーヒーを飲みながら、幸福感に包まれていると、ママが急に改まって私に話しかけてきた。

「アズが恋人でもなんでもない人と結婚するって聞いた時は心配だったけど、今日あなたの顔を見て本当に安心したわ。今のあなたとてもいい顔してるもの」

自分では全く気がついていないが、最近ママのように、私が前より明るくなったと言う人が増えた。

「そうですか？　結婚したからといって特に変わったことは……」

と無難な回答をしたのだが、

「その分じゃ、心配することもなかったわね」

と意味深《いみしん》な言葉が返ってきた。

「心配って、何かあったんですか？」

雪絵ママは少し躊躇いながらも話を始めたのだが、それは予想もしていなかったことだった。

「たぶんアズが家にいない時だと思うけど、最近宇喜田さんが店に来てるのよ」

「え？」

一瞬、何かの間違いでは？　と思わずにはいられなかった。

結婚をする前に、凛と鉢合わせするようなことがあるといけないからと、先生にはお店に行かないようにお願いしていた。

結婚してからは、私が日勤の時は必ず彼も家にいた。

もちろん行くなとは言わない。

だって仕事上のお付き合いとかが全くないわけではないし、お医者様のお客様は珍しくない。

もっとも本音を言えば、好きな人が綺麗な女の子に囲まれている姿を想像すると嬉しくはないけれど。

でも私が知る限り彼はお店に行くようなタイプには見えなかった。

一体なぜ？

先生とお店で会った時、全然楽しくなさそうだったのに……。

私の驚く様子を見てママは小さなため息をついた。

「やっぱりアズは知らなかったのね。前回は確か佐藤さんと一緒に来ていたわよ」

「え？　ねえママ、佐藤様ってどこまで知ってるんですか？　ジュリのこと……」

佐藤様の係はジュリこと、私の妹の凛だった。

初めて先生がお店に来た時は、妹のピンチヒッターで私がジュリに扮《ふん》して接客をした。

でも凛はその後プロのダンサーになるため渡米。

私は先生と結婚。

これをママはどう説明したのだろうか。

「佐藤さんには、ジュリ本人から渡米することを知らせたわよ。宇喜田さんがアズと結婚したことも二人の様子を見る限り、話してないと思うわ」

ということは、現状では佐藤様は宇喜田先生の結婚相手が私、つまり佐藤様にとってのジュリだということを知らないし、一方先生は凛の存在を知らないから本物のジュリと結婚したと思っている。

「そうですか」

でも問題はそれだけではなかった。

「ねえ、アズってレイちゃんと仲がよかったわよね」

「はい」

レイちゃんは私より二つ年下のホステス。

年齢よりも大人っぽい顔立ちで、着物の似合う女性だ。

小さい頃から日本舞踊を習っていたこともあり、一つ一つの所作《しょさ》がとても綺麗で、聞き上手な美人。

現在ナンバーワンホステスとして大活躍をしている。

そんなレイちゃんは元々凛と仲がよかった。

私も凛のピンチヒッターでお店に入ったことがきっかけで、仲よくなった。

彼女は私たち姉妹の事情もよく知っている。

彼女の作るパウンドケーキが絶品で、結婚する前はそれをお目当てによく遊びに行ったものだ。

結婚後は、なかなか時間が合わず会えないけれど、メールなどのやり取りは今も続いている。

ケーキ以外の料理も得意で、将来の夢は小料理屋を開くこと。

だけどそんなレイちゃんに何があったの?

「宇喜田さんの係が今レイちゃんなのよ」

「え?」

驚いたものの、レイちゃんも私が結婚したことを知らないし、その結婚相手が先生だってことも知らなくて当然だ。

「でもね。アズが心配するようなことなんてあるわけないじゃない」

雪絵ママがすかさずフォローする。

「そ、そうですよね」

「そうよ。っていうかもう、私ってばかね。余計なこと言っちゃって」

「いえ、いいんです。先生もたまには息抜きが必要だと思うんですよ」

そう口にしたものの、内心は全く穏やかじゃなかった。

もちろん、客とホステスが恋愛関係になることは、私の知る限りほとんどない。

過去に一度だけ、私がアルバイトをしていた時に先輩ホステスが、お客様と恋愛関係になったけど、結果的にはハッピーエンドにはならなかった。

こういう世界に長くいるレイちゃんなら、その辺のことは重々《じゅうじゅう》わかっているだろうし、二人を疑うなんてありえない。

それに雪絵ママが言うには、同伴もしていなければ、アフターもない。

ただ、普段こんなこと言わないママが、私を呼び出してまで話したかったってことは、やはり何かあるのかな？

「ママ、先生ってお店ではどんな様子です？」

「普通よ。女の子たちとの会話も楽しそうだし」

楽しそうなんだ……。

フッと頭に浮かんだ、楽しそうに飲んでる姿に私はモヤモヤしていた。

こんなことで私は嫉妬していた。

でも先生には元々好きな人がいて、将来的にはその人と一緒になるのが夢。

それを承知で結婚したはずなのに、先生を本気で好きになっちゃった。

こんなことで動揺したり不安になっていたら、私、ちゃんと彼の恋を応援できるんだろうか。

「アズは、本当に彼のことが好きなのね」

私はコクリと頷いた。

「大丈夫、アズが心配する必要はないわ」

「ですよね」

私は自分に言い聞かせるように返事をした。

この後ママは用事があるらしく、お店を出ると解散した。

ランチはとっても美味しかったのに……。

別にレイちゃんと先生のことを疑っているわけではない。

結婚してから、先生が私以外の女性と会ったりしたことはなかったと思う。

でも私が仕事で不在の時のことまではわからない。

でも今日雪絵ママの話で気づかされたのは、私が準夜勤の日には彼は自由が利くということ。

現に私がいない時に先生は雪絵ママのお店に行っていた。

レイちゃんとどんな話をしているの？

まさか先生の本当に好きな人というのが実はレイちゃんだったり？

いやいや、そんなわけない。

そもそも先生とレイちゃんに接点などない。

そんなことわかっているし、疑うことすら間違っているのに、モヤモヤしてしまう。

一体先生の好きな人って誰なの？

あああ！　恋ってこんなに面倒なものなの？

結局、臆病者の私は先生に何も聞けずに、モヤモヤする日々が何日か続いていた。

先生の好きな人が誰なのか問題だ。

初めてクラブに来た時佐藤様が、先生を連れてきたのはご両親が縁談を強く勧めているが、好きな人がいてまだ気持ちを伝えていないからと言っていた。

好きな人って誰？

最近はこのことばかり考えてあまり食欲も湧かない。

しかも悩みすぎたせいか時々気持ち悪くなることもある。

「唯？　美味しくないか？」

「え？　い、いえ、美味しいです」

今日は先生が夕飯にパスタを作ってくれた。

和風仕立てのスープパスタ。

しめじと大根おろしの相性がバッチリで、あっさりしていて美味しいはずなのに、あまり喉《のど》を通らない。

それでもせっかく先生が作ってくれたパスタ。

残したら勿体無い。

なんとか完食できても先生の顔を見るだけで切なくなって、泣きそうになる。

これってかなり重症かもしれない。

こんなことになるなら、ずっと意地悪でいてほしかった。

そしたらこんなに好きにはならなかったのに……優しさは罪だ。

そう考える私って最低かもしれない。

先生には本当に助けてもらってばかりなのに……。

私は先生に何もしていない。


それから数日が経った。

「ねえ、大丈夫？　すごく顔色悪いけど」

「そう？　大丈夫。ありがとう」

と返事をしたものの、お昼からずっと調子が悪くて、出勤ギリギリまで横になっていた。

休みたいと思ったけど、夜勤だし元々人もいないから休むわけにはいかず……。

それに仕事に出てしまえば、気合いでなんとかなると思ったからだ。

がしかし、そんなことはなく、気分は悪くなるばかり。

見かねた和葉がチーフにお願いして、休憩の順番を早めに変えてくれた。

口の中も気持ち悪くて、冷たいお茶を飲んでみたが、効果は全くなし。

「ねえ、一体どうしたの？」

「うん、なんか気持ち悪いの。口はまずいし、吐いたりはしないんだけど吐き気が……でも大丈夫」

そう答えたが本音は全然大丈夫じゃない。

「吐き気がするって……ねえ唯、ちゃんと生理は来てる？」

「え？」

「え？　じゃなくて～」

生理？　そういえば……。

私はスマートフォンを取り出し、カレンダーを開いた。

普段は大体同じ周期できているのだが……。

「あっ！」

「どうした？」

「……遅れてる。めちゃくちゃ遅れてる」

私、遅れていることすらわかっていなかった。

やっぱりいろんな悩みやストレスで周期が乱れたんだ。

そう自分では思っていたのだが、

「ちょっとそれってまさか……」

「え？」

私の反応に和葉は口をぽかんと開けて呆れた様子。

「ねえ、まさかって何？」

「ピンとこない？」

「何が」

和葉は大きなため息をついた。

「唯、あんたできたんじゃない？」

「できたって……え？」

嘘でしょ？

「鈍《にぶ》すぎだよ唯」

「まさか……」

私が妊娠？　でも思い当たる節がたくさんある。

「これは仕事終わりに産婦人科へ直行？」

少し興奮気味な和葉だが、私は真逆だった。

嬉しいと思う気持ちが全くないわけじゃない。

ただ、これって先生にとっては喜ばしいことじゃないのかもしれないと思った。

私と別れて好きな人とうまくいったとしても、子供の存在を知れば、それが恋の障害になるかもしれない。

「ううん。まずは検査薬で調べるよ。和葉お願い。このことは誰にも言わないで。もちろん先生にも師長にも」

「わかってるって。でも唯がね〜」

私は和葉ほど喜べなかった。


日勤看護師への申し送りが終わり、記録を書いている時だった。

「田辺さん」

「あっ、おはようございます」

先生がナースステーションに来た。

職場での態度は結婚前と比べたら優しくなったが、ほんの少しという感じ。あからさまに優しくなったのではない。だけど近くに誰もいない時の声や態度はとても優しい。

今までずっと厳しい態度をとっていたから急に優しくするのは恥ずかしいのだろう。そんなちょっと不器用なところも愛おしく感じてしまう。

でも今日の先生は違っていた。

周りに人がたくさんいるのに私の顔を見るなり、距離を詰めてきた。

「ちょっと顔色悪そうだが大丈夫か?」

「大丈夫です。ちょっと疲れただけです」

私も普段どおり淡々と答える。

「ならいいが……」

と先生が小声で呟いた。

だが去り際に、

「今日は何もしなくていいからゆっくり休めよ。じゃあ、お疲れ」

そう言って先生は師長の許へ行ってしまった。

するとすかさず和葉が、椅子に座ったまま私の隣にぴたりとくっついてきた。

「もう~、小声だったかもしれないけど丸聞こえ」

「え?」

「めっちゃ優しいじゃん? ツンデレってやつ?」

「……そんなんじゃないって」

「またまた~隠れラブラブ~。でもこれからが楽しみだね」

和葉の言ったこれからというのは、おそらく赤ちゃんができたらということだろう。

相思相愛《そうしそうあい》なら確かに和葉の言うとおり最高だと思う。

家事全般も完璧で、先生なら子煩悩《こぼんのう》なパパになってきっと楽しい毎日が送れるだろう。

でも先生が望む理想の家族の中に私はいないと思う。

別の誰かとの幸せだ。

重い足取りで病院を出ると、私はドラッグストアに寄って妊娠検査薬を購入して帰宅した。

キッチンには朝食が置いてあり、その横にはメモが添えられていた。

【お疲れ様、温めて食べて】

料理はレンジで温めるだけの状態になっていた。

本当に気遣《きづか》いのできる人、私には勿体無い旦那様だ。

体調はまだあまりよくないが、せっかく作ってくれたものを無駄にはできない。

部屋着に着替えてから、作り置きしてくれた朝ごはんを温めて食べることにした。

ところが、

「うっ」

炊飯器《すいはんき》の蓋《ふた》を開けた途端急に気持ち悪くなって、思わず手で口を塞《ふさ》いだ。

今までこんなことなかったのに、なんで？

まるで自分じゃないみたいな感覚に襲われる。

まさかと思うけど、これはつわり？

そんな思いを払いのけ、朝食をとることにした。

だけど、どうしても普段のような食欲が湧いてこない。

それでもおかずを残すのは申し訳なくて、時間がかかったけどなんとか完食した。

それからソファに横になると、テーブルの上に置いたバッグに目を向けた。

あの中に妊娠検査薬がある。

調べなきゃと思うのに怖くて動けなかった。

でも実際どうなのかすごく気になるところ。

もし、陽性反応が出たら？

嬉しいけど喜んでいいの？　逆に先生を困らせてしまうかもしれないのに……。

だけど、何もしないわけにはいかない。

私は重い腰を上げ、複雑な思いを抱えながらも、現実に向き合うべく検査薬を手にトイレへ向かった。

「これってやっぱり……」

検査薬にくっきりと陽性のサインが出ていた。

どうしようと思う気持ちもあれば、嬉しいと思う気持ちもあり複雑だ。

でも一回の検査結果で判断していいのだろうか。

こういった市販の検査薬は、検査のタイミングによっては稀に間違った結果が出るケースがある。

もし私もその稀なタイプだったら？

でも私はどんな答えをほしがっているのだろう。

陽性を望んでるの？　それとも陰性？

たぶんどっちの結果が出ても私は悩むのだろう。

片想いをしているから。

それでももう一回検査をしたかった。

結果が出たら今後のことを考えよう。

もし陰性が出たら一対一だから、もう一度薬局まで走るつもりだ。

数時間後にもう一度残りの検査薬を使ってみた。

だが、結果は陽性。

正式にはレディースクリニックなどで診察を受けなければ確定ではないが、ほぼ妊娠しているといっていい結果だった。

頭の中は混乱していた。

私の本音は産みたいと思っている。だって好きな人との間に赤ちゃんができて嬉しくないわけがない。

でも先生の気持ちを考えると、素直に喜んではいけないと思う自分がいた。

だからといって、なかったことにするなんて、そんなこと絶対にありえない。

仮にも私は命を預かる仕事をしているのに。

だったら私は何に悩んでいるの？

先生に嫌われてしまうことを恐れているの？

一人で育てなきゃいけないかもしれない不安？

きっと全部だ。

考えると考えただけ不安が募《つの》る。

でもやっぱり検査薬の結果だけでは陽性反応以外のことは何もわからない。

ふと時計を見ると十五時になろうとしていた。

とにかく私は知りたかった。

本当に妊娠しているのなら、お腹の子はいつ生まれるのか。

これからの注意点や、つわりのこと……。

そう思ったら、評判のよさそうなクリニックをネットでいろいろと探していた。

偶然にも家から近いレディースクリニックの口コミがよかったので、電話で問い合わせてみた。

少し待たないといけないがそれでよければとのことだったので、診察してもらうことに。

人気のクリニックのようで外待合にはたくさんの妊婦さんがいた。

そのうちの三分の一の方は旦那さんと一緒だった。

仲睦まじい姿に羨ましさを感じつつ、問診票を受け取ると椅子に座って記入をした。

記入後提出すると、尿検査などを行い、診察の順番を待つ。

予約していないため随分待った。

時計を見てもなんだか全然進んでいるように思えなくて、緊張感だけが増していった。

そんな時、私の隣に座っている女性が「あっ」と小さな声を上げた。

何かあったのかと思い、

「どうかされましたか？」

と仕事の癖でつい声をかけてしまった。

「ごめんなさい。この子がお腹を蹴ったんです」

そう言って女性はお腹を撫でた。

「そうなんですね」

「この子すごく蹴るから毎回びっくりしちゃって、つい声が」

と恐縮していたが、女性の表情はとても幸せそうだった。

私も彼女のような笑顔になる日が来るのだろうか……。

そんなことを考えながら待っていると、ついに私の名前が呼ばれた。

急に緊張が走り、ぎこちなく診察室に入った。

簡単な診察の後内診を行い、再び診察室に戻ると先生の口から思いもしない言葉が飛び出してきた。

「おめでとうございます。現在八週目に入ったところで、双子ちゃんですよ」

「え？　ふ、双子？」

妊娠したことだけでも驚いていたのにその上まさか双子だなんて、全く想像もしていなかった。

「びっくりするわよね。これを見て」

そう言ってお腹の中の様子を撮った画像を見せてくれた。

そこにはとても小さいが豆のようなものが二つしっかりと見えた。

先生は現在の症状や、これから起こる体の変化、生活する上での注意点、そして出産予定日も教えてくれた。

だが、正直覚えているのは予定日だけだった。

だってまさか双子を妊娠しているなんて思いもしなかったから。

まだ現実を受け止めきれず、重い足取りで家へ向かっている時だった。

バッグの中でスマートフォンが震えているのに気づいた。

着信は先生からだった。

「もしもし」

『おい、大丈夫か？』

「え？」

一瞬、妊娠したことがバレたのかと思ってしまった。

『え？　って何度も電話をしたのに出ないから、何かあったんじゃないかって心配して』

スマートフォン越しにから先生の心配する声が伝わり、胸が熱くなる。

なんでそんなに優しいの。

好きな人がいるなら、家でも職場と同じ態度でいてくれたら、こんなに好きにならなかったし、こんなに苦しくなることもなかったのに、先生は意地悪だ。

「ごめんなさい。今買い物してて、電話に気づかなかったんです」

レディースクリニックに行ったなんて言えない。

もちろん妊娠したことも……。

『それならいい。でも体調は大丈夫なのか？』

「大丈夫です。ありがとうございます」

『わかった。でももし体調がよくないなら、ご飯も作らなくていいから休んで』

「大丈夫ですよ」

『わかった。俺はあと二時間ぐらいで帰れそうだから』

そう言って電話が切れた。

本当にどこまでも優しくて、それがかえって辛い。

帰宅すると、ナナが尻尾を振って私の帰りを待っていた。

「ナナ、ただいま」

ナナを抱っこした。

「あ～癒される」

そのままリビングのソファに座り、ナナを膝の上に乗せた。

するとナナはサッと私の横に移動し、お腹を見せた。

「撫でてほしいのね？」

お腹を撫でると、気持ちがいいのかリラックスしている。

手を止めると、前足で私に触れ催促《さいそく》する。

「はいはい」

とリクエストに応えながら、

「ナナ、私赤ちゃんできちゃった。しかも双子だって」

と呟いた。

ナナには素直に言えても先生には言えない。

どう報告したらいいの？


それから一週間が過ぎた。

妊娠のことはまだ誰にも話していない。

和葉にも聞かれたけど、まだ調べていないと誤魔化していた。

だけど、お腹の中では小さな二つの命がスクスクと育っていて、それに比例するように私の体も大きく変化し続けていた。

とにかく匂いに敏感になった。

今までなんとも感じなかった食材に反応し、吐き気を起こすようになった。

一番困っているのはスーパーでの買い物だ。

魚の匂いに敏感になって近寄れなくなったり、お惣菜の揚げ物の匂いも受け付けられなくなってしまった。

自分の体なのに、よくわからなくなってきた。

相変わらず、黙っていても気持ち悪くなったりするために、それを誤魔化そうとレモンのような酸っぱいものを食べたり飲んだりしている。

一番活躍しているのは果汁多めで酸っぱいグミだ。

最近はお気に入りのグミをポケットに忍ばせ、気持ち悪くなったらこっそり食べている。

他にも吐き気を軽減したくて炭酸水ばかり飲んでしまう。

もちろん妊娠していることは誰も知らないから、大っぴらにできない。

先生と一緒にいる時は、気持ち悪くなると、理由をつけてその場から離れ、決して手に口を当てるような真似はしないようにしている。

だけど日々つわりが酷くなり、こんな誤魔化しがいつまで続くか不安だ。

それに来週は診察も控えている。

どんなことになろうとも受け入れるしかない。

たとえ別れを切り出されたとしても、私はこの子たちを育てなきゃいけないのだから。

だが、つわりは日を追うごとに辛くなっていた。

産婦人科の先生も双子を妊娠するとつわりが酷いことが多いと言っていた。

これ以上、症状が出てしまうとやはりずっと隠し通すことは無理で……。

それから三日後のことだった。

休みが重なり二人でリビングで動画を見ていた時だった。

強烈な吐き気に襲われ、急いでトイレに駆け込んだ。

なかなかトイレから出られずにいると、外から声をかけられた。

「唯、大丈夫か？」

「……大丈夫です」

「そうは見えない。どうしたんだ？　最近ずっと顔色が悪かったし」

このままだと自分が診察するとか言いかねない。

もう隠すことはできないのかもしれない。

「本当に大丈夫です」

そう言って数分後にトイレから出ると、先生が待っていた。

「大丈夫とは思えない。今から内科で診てもらおう。ちょっと今電話を――」

「病院はいいです。わかっているので」

「どういうこと？」

私たちはリビングに戻り、ソファに座った。

でもどう切り出せばいいのか全く考えていなくて、なかなか言葉が出てこない。

いきなり妊娠しましたって言った時の、彼の反応を見るのが怖いのだ。

「唯？」

「あっ、ごめんなさい」

「大事な話なんだろ？　話して」

急《せ》かされてるわけじゃないけど、やっぱり言えなくて……。

「雪絵ママから聞いたんだけど、廉斗さんがお店によく来ていてレイちゃんが廉斗さんの係だって」

全く関係ないことを口走っていた。

でもまだ妊娠という言葉を口に出す勇気がなかったから。

私の口からレイちゃんの名前が出た途端、先生の顔が強張った。

まさかと思うけど、本当に好きな人ってレイちゃんなの？

「別に、お店に行かないでって言っているわけじゃないんだけど……」

私何が言いたいんだろう。

行くなとも言えないし、でも内緒にされていたことはショックだったし、実はレイちゃんのことが好きだったのかなとか……やっぱりそのことを知るまで落ち着かけない。

すると先生は、

「ごめん」

と言って思い切り頭を下げた。

頭を下げるってことは、やっぱり何かあるってこと？

「謝らないでください。元々私たちって単なる契約婚ですし、それに廉斗さんには好きな人がいるんですよね」

なるべく笑顔を作って尋ねた。

だけど先生の反応は、

「え？　何それ」

眉間《みけん》に皺《しわ》を寄せ、露骨に不機嫌そうな表情で私を見た。

「何って……私そう聞いてますが」

すると即座に
「誰から？」

と尋ねてきた。

「廉斗さんが初めてお店に来た時に佐藤様から……」

すると先生は盛大なため息をついた。

「あいつ余計なことを……そのことは――」

何かを言いそうになったが、私はそれを遮り、

「そのことで、私廉斗さんに話さなきゃいけないことがあって」

「え？　何？」

私は深呼吸をした。

心臓はバクバクして、先生の顔がまともに見られない。

「私、赤ちゃんができたんです」

「え？」

先生がどんな顔をしているのかわからないけど、もう止められなかった。

「廉斗さんに好きな人がいるのは聞いていたのに妊娠しちゃって。迷惑ですよね。でも大丈夫です。私一人で育てます。だから廉斗さんは好きな人と――」

「ちょ、ちょっと待ってくれ。一人で育てるとか好きな人とか、一体何を言ってるんだ」

「そのままの意味です。そもそも私を結婚相手にしたのは、好きな人とうまくいった時に簡単に別れられるからですよね？」

先生はガクッと項垂《うなだ》れた。

「心配しないでください。私もそれをわかって結婚しましたし、別れることに抵抗はありません。ただ、お相手の方が気にされるんじゃないかって思ったら申し訳なくって」

「お相手って……あいつがなんて言ったかわからないが、そもそも好きな人は君以外いない」

「え？」

私は自分の耳を疑った。

先生の好きな人が私?

「な、何を言ってるんですか。廉斗さんは私に対してめちゃくちゃ厳しかったじゃないですか。ちょっとありえないんですけど……」

すると先生が突然頭を下げた。

「すまない」

「え?」

「本当にすまなかった」

「あの、頭を上げてください」

先生はゆっくりと頭を上げると、なぜか恥ずかしそうに口に手を当て、

「俺は不器用な男なんだ。好きな人にきちんと気持ちを伝えられなくて……君にどう接していいかわからず、必要以上に距離をとってしまった」

え?

目が点になった。

先生って……ええ? 本当に私のことを?

「でも佐藤様は」

「確かにあいつに言ったよ。好きな子がいるんだけど、親が縁談縁談ってうるさいって……でも好きな人の名前なんていちいち言うわけないだろう」

「な、なんでもっと早く教えてくれなかったんですか？　気づくわけないじゃないですか。私にだけ厳しかったし」

全身から緊張が解け、力が抜けた。

「すまない。それは謝る」

先生は頭を下げ、話を続けた。

「でも俺は唯と結婚して一緒に暮らしていく中で徐々に距離が縮まって、あの夜に本当の夫婦になれたと思っていたんだ」

あの夜、私たちが一線を越えた日。

私も、そう思っていた……というより、そうだったらいいのにって思っていた。

「そんなの言ってくれなきゃわかりません。もう～どれだけ私が悩んでいたか……。妊娠したことを廉斗さんは喜んでくれないと思ってずっと悩んで」

「そんなわけないだろう。びっくりしたけど嬉しいよ」

「本当に？」

「当たり前じゃないか。そうか、俺たちに赤ちゃんが」

先生の顔は嬉しさでくしゃくしゃになっていた。

私も今までの悩みが嘘のように吹っ切れて、安堵と幸せに包まれていた。

そして先生は何かを思い出したかのように、

「野村さんが言っていたのはこういうことだったんだ」

としみじみと呟いた。

「え？　野村さん？」

なんでここで野村さんが出てくるのかわからなかった。

すると、

「言われたんだよ、思っているだけじゃ相手には伝わらない。ちゃんと口に出さないとダメだってね」

「本当にそうですよね」

確かに野村さんの言うとおりだった。

黙ってたら何もわからなかった。

私の思い込みが暴走したのだって、ちゃんと本人に聞けなかったのが原因だ。

すると急に、

「ちょっと待っててくれ」

と先生は勢いよく立ち上がり、書斎のほうへ行ってしまった。

どうしたの？　と思っているとすぐに戻ってきた。

そして私の前にひざまずいた。

「廉斗さん？」

すると先生が私の目の前に小さなベルベットの箱をパカッと開けた。

中にはキラキラと輝くピンクダイヤモンドの指輪があった。

「まずは言い訳をさせてくれ。俺が君の働いていたクラブに行った理由は、これのためなんだ」

「え？」

指輪とクラブの関係性がわからず首を傾げる。

「レイさんが君と仲がよかったと聞いて、彼女に聞いてみたんだ。指のサイズや、どんなアクセサリーが好きかって」

「そうなの？　でも……」

「もちろん君の名前は出していない。彼女には、ジュリに似たタイプの恋人がいると言って聞いた」

確かに私が結婚したことをレイちゃんは知らないし、先生もお店の女の子と結婚したとは言えないだろう。

「女性にアクセサリーをプレゼントしたことがないと言ったら、親身になって考えてくれて」

もしかすると真剣に会話をしている二人を見た雪絵ママが、私たちのことを心配していたのかもしれない。

「彼女に、体格はジュリと大体同じと言ったら、指のサイズは何号で、女性がもらって嬉しいジュエリーショップも教えてくれたんだ」

先生ったら、私のためにわざわざお店まで聞きに行っていたなんて……。

「廉斗さん……」

「気に入ってくれるかわからないが、これを受け取ってくれないか？　俺たち結婚したけど、式も挙げてなければ何もしてあげられなかったから」

「そんなことないです。私は廉斗さんからたくさんのものをもらいました。逆に私のほうが何もなくて」

先生が私の手をギュッと握った。

「それは違う。どんな理由であれ君は俺の申し出を受け入れてくれた。それだけで天にも昇る気持ちだったよ。そういえばなぜ君を好きになったか話してなかったたね」

「え？　あっ、はい」

それは先生がアメリカから帰ってきて宇喜田病院に来た頃だった。

みんなが先生を腫れ物のような目で見ていた時、私だけが普通に接していた。

誰かを特別扱いすることもなく、みんなに同じように接する姿を見て、気になったのだそうだ。

「今の俺がいるのは唯、君のおかげなんだ。君の働く姿勢を見て、俺は真似たんだよ」

「ええ？」

「君をお手本にしたら、みんなが俺を受け入れてくれた」

そんな自覚はなかったし、そう言われると畏《おそ》れ多い。

確かに先生が病院に来た時はちょっとピリついた空気があった。

でもそれは長く続くことはなかった。

自然と職場のみんなと溶け込んで、今のように患者目線の誰にでも優しい先生になっていたと私は思っていたが、それが私をお手本にしていたなんて今の今まで知らなかったし、まだちょっと信じられない。

「私だって感謝しかないんです。ずっと借金返済のことばかりでまともな恋もしてこなかった。確かに始まりは突拍子もなかったけど、私結婚して本当に幸せです」

「じゃあ、これを受け取ってくれる？」

先生はケースから指輪を取り、それを私の指にはめようとしてくれた。

でもその前にまだ大事なことを話さなきゃいけない。

「とても嬉しいです。でも、その前に話さなきゃいけないことがもう少しあって」

「まだ何かあるのか？」

驚く先生の顔を見たらちょっと笑えてしまった。

「あまり俺をビビらせないでくれ」

「ごめんなさい。実は私には双子の妹がいるんです」

「え？　双子？　妹？　でもご両親に挨拶に行った時そんな話は……」

「はい、私が両親に口止めしていたんです」

私は初めて先生とお店で会った時のことを話した。

元々は双子の妹がホステスをしていたこと。

そしてあの日は前から佐藤様がお店に来ることを知っていたのに、急用でお店に出られなくなった。

そのため急遽姉の私がピンチヒッターで店に出ていたことを話した。

先生もまさか私に双子の妹がいたなんて知らなかったため、かなり驚いていた。

「じゃあ、あの店で働いていたわけじゃないんだな？」

「はい。正確に言うと、看護師になる前の学生時代には実際にあの店で働いてました。アズサという源氏名で……」

「そうすると、あの時俺が見たのは妹さんってことか」

「え？」

なんとお店の近くを歩いていたら、偶然お客をお見送りしている私（実際は凛）を見たと言うのだ。

「君が俺の知らない男に笑顔を振り撒いて話していると思うと、妙にイライラして……そのことで君を意識し始めて、気がつけばずっと君を目で追っていたんだけど、まさか妹さんだったとは」

「騙すようなことをしてすみませんでした。でももしかして凛のほうが好――」

「なわけないだろう。確かにその時は見間違えたかもしれないけど、俺が好きなのは唯だけだ」

真剣な眼差しにもう、息が止まりそうなほどドキドキしていた。

私たち本当に両想いだったんだ。

「ごめんなさい。でも廉斗さんのおかげで借金を完済することができて、妹の夢も叶ったんです」

「夢？」

妹の夢はアメリカでプロのダンサーとして活躍することだった。

だけど借金を完済するまでアメリカには行かないと言って、ホステスの仕事を続けていた。

そのため過去には大きなチャンスを逃したこともあった。

今回が最後のチャンスだと思っていた矢先、先生から結婚の申し出があった。

借金がなくなれば、妹の夢が叶う。

「先生と結婚した本当の理由は、単に借金完済したかったからじゃなく、妹の夢を叶えるためだったんです」

すると先生が私の頭を優しく撫でた。

「君は俺と出会った時から全然変わっていないね」

「え？」

「いつも自分より誰かのため。そんなところに俺は強く惹《ひ》かれたんだよ」

「で、でも本来なら肩代わりしてくれたお金を返さなきゃいけないのに、私は甘えてばかりでなんの恩返しもできなくて……」

そんな私の手を先生は優しく握った。

「唯はわかってないな。俺は、どんな理由でも唯が俺のそばにいてくれて本当に嬉しいんだ。しかも俺たちの子供が、ここにいるなんて」

「あっ、そのことなんだけど」

「何？　何か心配なことでも？」

私は首を横に振った。

「赤ちゃんのことなんですけど……」

「赤ちゃんがどうかしたのか？」

「なんか双子みたいで」

「ええ？」

やっぱり驚いてる。

それはそうだと思う。私も驚いたんだから。

「ちょっと待って。双子を妊娠？」

「はい」

すると先生の顔がさらに笑顔になった。

「すごいじゃないか！　って、俺、二人のパパになるのか？」

「はい」

先生は満面の笑みを浮かべそれはとても嬉しそうだった。

私はバッグから病院でもらったプリントした画像を出して先生に見せた。

「ここに二つありますよね。これが私たちの赤ちゃんです」

「ちっちゃいな～。でも嬉しいな」

妊娠がわかった時は、先生の喜ぶ顔が想像できなかった。

実際今この瞬間もまだ夢かもしれないと思っている。

「唯、ありがとう。じゃあ今度こそ、これ受け取ってくれるね」

「はい」

左手を差し出すと、先生が私の薬指に指輪をはめてくれた。

「素敵。でも本当にいいんですか、こんな高価なもの」

「俺がプレゼントしたくて買ったんだからいいの」

「なんか私だけもらってばかりで申し訳なくて……」

「もらったじゃないか、こんな最高のプレゼントを」

先生が私のお腹に触れた。

「でも子供は一人では作れません。私も何かしてあげたいです。何かほしいものありませんか？」

先生は少し考えると、口角を上げた。

「そうだな～じゃあ、リクエストしていい？」

はいと返事をしようとしたが、それはできなかった。

先生の唇が私の唇に触れたのだ。

すぐに唇が離れるが、またすぐにキスをした。

「え？　これがリクエストですか？」

「そう、今一番ほしいものがこれだから」

そう言うと再び唇が重なり合った。

お互いの気持ちが通じ合ってからのキスは、初めてキスした時とは全く違うものだった。

私にとってこれが最高のファーストキスかもしれない。

嬉しさと愛おしさが唇に伝わって、目の前が色鮮やかになった。

白黒から始まった私たちのスタート。

そこに一色一色絵を描くように色がついていったが、今ようやく一枚の絵が完成したように私たちは新しく一歩を踏み出した。

もう、絶対にこの手を離さない。

唇が離れ、見つめ合い笑みがこぼれる。

でも私、一番大切なことを言ってなかった。

「好きです」

「俺も好きだよ」

やっと本当の夫婦になれた。

8　ハッピーウエディング

妊娠五ヶ月を迎えた頃、私は妊娠の報告をした。

本当は大体つわりが治った頃に当たる安定期に入ったら話すつもりだったが、双子ちゃんの妊娠は、想像以上に大変だった。

つわりが治る気配が全くないのだ。

クリニックの先生からも、双子だとわかった時につわりがちょっと重いかもと言われていた。

だけどちょっとどころじゃなかった。

特に一番きついのが吐き気。

仕事に関しては幸い匂いで困ることはなかったし、対策としてミント系のスカッとする香りをマスクやハンカチに含ませていたので乗り越えられた。

だけどつわりが終わるのを待って報告を控えていたら、そのうちお腹のほうが目立ってくることに気づいた。

双子だから一人よりおそらくお腹は大きくなるだろう。

それにこそこそと噂されるより、報告しちゃったほうが楽だと思った。

今までのような三交代勤務もいつまでできるかわからない。

いろんなリスクを考慮し、これを機に産休に入るまでは日勤のみにしてもらったことも報告した。

でも元々人手不足ということもあり、みんなに迷惑をかけると思うと申し訳ない気持ちだった。

ところが周りの反応は……。

「わかってたよ」

「そうじゃないかと思ってたけど、田辺が必死に隠そうとするから見て見ぬふりをしていたんだよ」

「自分では隠していたつもりだろうけどバレバレ。いつ報告するのかずっと待ってたよ」

バレていないと思っていたのは私だけだった。

だけどお腹の子が双子だとはさすがに知られていなかったので、そのことを伝えると、

「え〜」

「双子？　すごいじゃない」

と驚きの声。

妊娠そのものより双子だったことのほうがビッグニュースになり。

そのことは一部の患者さんの耳にも入り、

「看護師さんおめでただってね、おめでとう」

「おい、聞いたよ看護師さん。双子か～楽しみだな～」

「おめでとう～。久しぶりにテンションが上がったわ」

患者さんにまでお祝いを言われ、素直に嬉しかった。

公表してしまった以上、この子たちが元気に生まれてきてくれるように、私もちゃんとしなくちゃと気持ちを新たにした。

双子を妊娠したことは、もちろん両家の両親に早い段階で報告を済ませている。

早く結婚してほしいと縁談を持ってきていた、この病院の院長であるお義父《とう》様は、

「でかしたぞ！　しかも双子とは……唯さんありがとう」

と口元を緩ませていた。

だけど一番喜んでくれたのはお義母《かあ》様だった。

と同時に双子だということで、

「一人でも育児は大変なのに、双子となるともっと大変よ。困ったことがあったらなんでも協力するから一人で抱え込まないでね」

と温かい言葉をかけてくれた。

その上まだ性別もわからないのに、たくさんのカタログを私に差し出し、

「お孫ちゃん部屋を用意しようと思ってるんだけど、ベッドはどれがいい？　クロスも張り替えちゃおうかしら」

とちょっと暴走気味なところはあるけれど、子供の誕生を楽しみにしてくれると思うと本当にありがたいし、幸せな気持ちでいっぱいになった。

結婚の挨拶に行った時はなんだかお二人を騙しているようで、罪悪感しかなかったが、こうやって普通に会話を楽しめる日が来るなんて思いもしなかった。

それは私の両親に対しても同じだ。

おそらく、借金返済の肩代わりをしてくれるから結婚すると言っていたら、反対していただろう。

だから後ろめたい気持ちがあって、なかなか実家に顔を出すことも躊躇していた。

だけど今は、廉斗さんと本当の夫婦になって、妊娠の報告ができたことが何よりも親孝行になったと思っている。

ニューヨークにいる凛に結婚と妊娠の報告をしたのは、ちょうど凛の存在を廉斗さんに話した後のことだった。

結婚のことをメールで報告するのはどうかと思い、事前に電話ができる時間帯をメールで聞き、オンラインで話すことになったのだが、凛は日本で何か大変なことがあったのではと思ったのだろう。

いつでもいいとすぐに返事か帰ってきた。

ニューヨークと日本の時差は十四時間。

翌日は日勤だったので、日本時間の二十二時に話をすることになった。

ちなみにニューヨークは八時だ。

もちろん廉斗さんにも同席してもらうことになっていた。

「もしも～し、凛元気？」

『キャ～、唯久しぶり～元気元気。唯は？』

久しぶりに見た凛はなんだか前よりも引き締まって見えた。

「私も元気だよ。ニューヨークの暮らしはどう？」

『物価がめちゃくちゃ高いのなんの。それ以外は問題なし！』

凛はガッツポーズを見せた。

「物価は日本も高くなったけど、ニューヨークと比べたらね～」

ニューヨークは賃金も高いが、物価も高いことで有名だ。

そんなニューヨークでの物価事情の話でちょっと盛り上がったのも束の間。

早速凛が、オンラインにした理由を聞いてきた。

「うん、実は凛に報告しなきゃいけないことがあって……実は――」

『おめでとう』

「え？」

『唯、結婚したんでしょ～』

なんで結婚したこと、凛は知ってるの？

凛には私から話すからと両親には口止めしていたのに……。

「え？　でもなんで知ってるの？　もしかしてお父さんた――」

『まず、今話をしている場所は、唯が住んでいる病院の社宅じゃないでしょ？』

凛は私を遮って話した。

「うん」

『ちなみにお父さんたちから唯が結婚したって話は聞いていないよ。でもお父さんたちと話している時に、あれ？って思うことがあって。唯がすぐに報告しなかったのには、それなりの理由があるのかなって思ってたから』
双子だからなのだろうか。
なんとなくお互いの気持ちを読み取ることができちゃうのだ。
「うん、実はね……」
私は凛に今までのことを全て話した。
この結婚は恋愛からのスタートではなく、契約婚だったこと。
借金を肩代わりしてもらう代わりに、廉斗さんと結婚をしたこと。
凛がスカウトされた時期と重なり、その夢を叶えてほしくて結婚することを選んだ。
凛からさっきまでの笑顔が消えた。
怒っているというより、沈痛な表情。
「でもね。彼と結婚したら本当に彼のことが好きになっちゃったの」
『本当なの？』
まだ凛の表情は暗いままだった。
「じゃなかったら、今こうして凛に全てを話していないよ」
『だけど……』
凛は自分のせいで私が望まない結婚をしたんだと思っていた。

実際はそう。

「確かに凛のスカウトの話がなければ違っていたかもしれない。でもね、私は凛のおかげで彼と結婚できて、今すごく幸せなの。だからそんな顔しないで」

『本当に？　本当に幸せなのね？』

「本当よ。こんなに誰かを好きになったのは初めてだった」

すると凛に笑顔が戻った。

それは私の笑顔が、作った笑顔ではないってわかったからだ。

『確かに、私幸せ真っ只中で～すって、顔に書いてあるもん』

「そう？」

同じ顔に言われるとなんだか照れ臭い。

『ねえ、旦那さん近くにいるんでしょ？　私に挨拶させて』

すると廉斗さんが私の隣に座った。

『初めまして、唯の妹の田辺凛です。ご挨拶が遅れてすみませんでした』

「初めまして、宇喜田廉斗といいます。こちらこそご挨拶が遅くなってすみませんでした」

『私何も知らなくて……私が今ここにいられるのは宇喜田さんのおかげです。本当にありがとうございました』

凛が深々と頭を下げた。

「凛さん、頭を上げてください。借金返済のことは彼女からお願いされたわけじゃなく僕が申し入れたんです」

『そうだったんですね。じゃあ、このご恩を返すためにもちゃんと成果をあげないと』

「そうですよ。頑張ってください」

『はい。じゃあ、私はこれからお義兄《にい》さんって呼んでいいのかな?』

ぎこちなく尋ねる凛に先生は、

「もちろん」

と答えた。

『ところで、宇喜田って……唯の勤めている病院と同じ名前ですよね』

「はい」

凛はすぐに察したのか、かなり驚いていた。

だが、すぐに姿勢を正した。

『あの、不束な姉ですがどうぞよろしくお願いします』

「いえ、こちらこそよろしくお願いします」

廉斗さんが頭を下げた。

『それと姉のこと、絶対に幸せにしてあげてください』

「はい、必ず幸せにします」

廉斗さんの表情は真剣で、私も身が引き締まる思いだ。

『それと、姉はなんでも物事を真剣に考えすぎて時々暴走する時があるので、その時はちゃんと止めてください』

「り、凛」

悔しいけど凛の言うとおりだ。

妊娠発覚時がまさにそれだった。

廉斗さんはそのことを思い出したのかクスッと笑った。

すると凛はわかったのだろう。

『もしかして既に暴走済みですか？』

「ですね」

先生と凛がくすくす笑った。

なんなのこれ。

『だけどね、お義兄さん。姉はとても優しくて私の自慢の姉なんです』

「はい。わかってます」

でも話はそれだけではない。

「凛、それとね。もう一つ報告があるんだけど」

『え？　まだ何かあるの？　まさかお父さんが倒れたとか？　なんか騙されたとか？』

「違う違う」

『じゃあ何よ』

「実はね、赤ちゃんができたの」

『え？』

凛が目を見開き驚いたかと思うと、やった〜と喜んでいる姿が目に入った。

すると、凛のルームメイトだろう。

びっくりして、何があったの？　と女の子が部屋に入ってきたのだ。

凛は画面を指差し英語で、姉に赤ちゃんができたと説明。

するとそのルームメイトもキャ〜ッと言って、凛と抱き合いながらぴょんぴょんと飛び跳ねている。

その姿になんか嬉しくて涙が出てきそうになった。

だが急に我に返ったのか凛が、

『ねえ、つわりとか大丈夫？』

と心配そうに尋ねた。

「まだちょっと辛いかな。双子だからかもしれないんだけど」

そう返すと、凛が
『え？　今双子って言った？』

「あれ、私言わなかったっけ？　双子を妊娠したの」

そう言うと、凛はまたキャ〜と騒ぎ、それをルームメイトに英語で説明した。

『双子が双子を妊娠するなんてすごい〜』

二人は興奮しながら飛び跳ね、自分のことのように喜んでいる。

『性別は？』

「まだわからない」

『今何カ月？』

「もうすぐ四ヶ月」

『え〜、じゃあ、つわりとかあるの？』

「絶賛つわり中」

『ってことは吐き気がすごいんだよね？』

凛はつわりの症状が気になるようで、いろいろと質問してきた。それに答えては、

『え～、なんかこっちまで気持ち悪くなってきた』

と口を押さえていた。

そして私の出産予定日を伝えると、

『そうなんだ。あ～日本に帰って立ち会いたい』

と残念がっている。

「気持ちはありがたいけど、凛はそっちで頑張って」

『わかってるよ。でもさ、姪っ子か甥っ子に会いたい。ねえ、だったらさ、出産の時今みたいにオンラインで立ち会うってどう？』

「え？　オンラインで立ち会い出産？」

思いもしない提案に戸惑う横で、先生は真剣な顔で、

「それありかも」

なんて言っている。

凛は本気で考えてるようだ。

だけどみんなに祝福されて、本当に私は幸せだ。

その後はどういうわけか、廉斗さんと凛とそのルームメイトで話が盛り上がっていた。

しかも廉斗さんは英語がペラペラ。

私だけが三人の会話についていけなかった。

その後、凛から頻繁に連絡が入るようになった。

妊婦にお勧めのストレッチや食べ物を教えてくれたり、私の体調を心配していた。

たまに、

「唯と話しているとまたつわりがうつったみたいで気持ち悪い」

と冗談を言ったりも。

だけど、なんかこうやって連絡をくれるだけでも安心する。

そのおかげなのかわからないが、徐々につわりが治ってきた。

体のことを考えて、仕事以外は外出を控えていたが、体調も安定してきた。

そんなある日、廉斗さんの友人である佐藤様から、こっちに来る用事があるからまた泊めさせてくれと連絡があった。

実は、結婚をしたことは報告してあったが、その相手ということは伏せられていた。

廉斗さん的には佐藤様の係の女の子と結婚したと思っていたから、後ろめたさがあったのだ。

でも実際は係の女の子の姉との結婚。

「あいつを家に泊めてもいい？」

「もちろん。私もちゃんとご挨拶したいし」

「びっくりするだろうな～」

廉斗さんはくすくす笑っている。

私と対面した時の佐藤様のリアクションを想像しているのだろう。

「たぶん双子だったことに驚くと思うけど」

廉斗さんは早速返事をし、翌週佐藤様が泊まりに来ることになった。


「廉斗、早く奥さん紹介しろよ～」

玄関を開けた途端、元気な声が聞こえた。

そして二人で何やら話をしながらリビングに入ってきた。

「奥さん、初めまして。廉斗とは大学時代からの友人の佐藤と言います。今日一泊させてもらいますがよろしくお願いします。これ名古屋で人気のスイーツです。でも崩れて――」

　相変わらずお店で会う時と同じテンションで話していたが、急にフェードアウトしたかと思ったら、

「え？　奥さん妊娠中？　おい、最初に言ってくれよ。お前本当に何も言わないんだから。今日は俺ホテルに泊まるよ」

「いいって、うちの奥さんもいいって言ってるし」

「本当にいいの？　奥さん」

「はい。あっ、ご挨拶が遅れましたが妻の唯です。夫がいつもお世話になっております」

「唯さんね。あっこれ」

　そう言って渡されたお土産の入った袋を受け取る。

　だがその時、佐藤さんが私をじーっと見つめた。

「ん？　あっごめんね。まじまじと見ちゃって。でもなんだろう～どこかで会ってません？」

　私と廉斗さんは顔を見合わせクスッと笑った。

　それを見て佐藤様は、

「え？　やっぱりそうだよね。うん、絶対に会ってる、絶対に……ああっ！」

佐藤様は口を開けたまま、声にならないぐらい驚いていた。

そして視線を廉斗さんに向けた。

「おい、廉斗、まさかこの子ジュリちゃん？」

佐藤様は私と廉斗さんの顔を交互に見ている。

廉斗さんに対しては、なんでお前がって目だ。

「佐藤、落ち着け。正確に言うと違う」

「は？　正確にって意味がわからん。とにかく説明してくれよ！　俺のジュリちゃんを！　っていうか、アメリカに行ったんじゃないのか？」

少しパニックになっている佐藤様を、廉斗さんは落ち着かせようとソファに座らせた。

「彼女はジュリのお姉さんなんだよ」

「え？　どう言うこと？」

「だから、お前のお気に入りのジュリちゃんと、ここにいる俺の妻は双子の姉妹なんだよ」

「ええええ？　双子？」

「でも私、佐藤様には数回会ってるんです。最近会ったのは、最初に彼をお店に連れてきた時です」

「え？　えええ？　でもあの時はジュリちゃんいたよね」

信じられない様子の佐藤様。

「実はあの日、妹のピンチヒッターで私がお店に出ていたんです」

「マジか～全然気づかなかった」

佐藤様は両手で顔を覆うとそのままソファにもたれかかった。

「ややこしくてごめん。俺の場合、彼女がジュリという名でホステスをしていると思ってお前に言えなかったんだよ」

廉斗さんは今までの経緯を話した。

「じゃあさ、俺の係をしてくれていたジュリちゃんはどこにいるの？　俺はアメリカにいるって聞いていたけど」

それは事実だと話すと、やっと理解してくれたようで。

「結局俺とお前は女性の好みが一緒ってことなんだな？」

と佐藤様がドヤ顔で言うと、

「お前には奥さんがいるだろ。好みとかそういうのじゃなくて、好きになったのが唯だったってだけだよ」

真顔で言うものだから佐藤様はケラケラと笑った。

「そうか～お前がずっと好きだったって子が唯さんだったんだな。だから初めてお店に連れてった時、目の前に本人がいたもんだから無愛想だったんだな？」

やっと全てを理解した佐藤様は、

「ともあれ、二人が結婚できたのは全て俺のおかげってことだよな～」

と急に上機嫌になった。

これに関しては廉斗さんも一理あると認めざるを得なかったようだった。

それから三人で夕食をとり、いろんな話をしてくつろいでいる時だった。

「佐藤、お前にプレゼントがあるんだ」

実は私たちは佐藤様に、とびきりのサプライズを用意していた。

「え？　何？」

私はテーブルにノートパソコンを置き、操作した。

しばらくするとパソコンの画面に映ったのは……。

『もしもし、あ～～佐藤さん』

「えええ？　もしかしてジュリちゃん？」

実は事前に連絡を取り、佐藤様とお話ししてもらえないかお願いしていたのだ。

もちろん凛は承諾。

『お元気ですか？』

「うんうん、元気元気。本当にアメリカにいるんだね」

『そうですよ～』

せっかくの再会を邪魔しちゃ悪いと思い、ナナを抱っこして、二人でキッチンに移動した。

全てがクリアになって、本当に気持ちがスッキリした。

そんなことを思っている時だった。

――え？　今のって、
お腹がぽこっとした。

私はナナを下ろした。そしてお腹に手を触れ黙っていると、またぽこっとした。

「どうした？」

私がお腹に手を当てたまま固まっているので、彼が心配して声をかけてくれた。

もしかして赤ちゃんが蹴った？

でも偶然そう感じただけかもしれない。

だが、またお腹がぽこっとした。

「赤ちゃんが動いたかも」

まだ確信が持てなくて動いたかもと言ってしまったが、なにせ赤ちゃんが蹴ったなんて人生初の体験だから断言できないのだ。

すると廉斗さんは、しゃがみ込んで私のお腹に手を触れ、耳を当てた。

「お～い。パパだよ。もう一回動いて」

とお腹の赤ちゃんにリクエスト。

しかし反応なし。

「やっぱり違ったのかな？」

と首を傾げたが、廉斗さんは諦めきれずもう一度声をかけた。

でも反応なし。

「もしかすると今日はそういう気分じゃないんだな」

と言って諦めかけた時だった。

ポコポコッとお腹の赤ちゃんが動いたのを感じた。

私と廉斗さんは顔を見合わせた。

そして廉斗さんはお腹の子に向かって、

「おーい。パパだよ。待ってるからもう少しママのお腹にいてね」

と声をかけた。

ちなみに佐藤様のお土産のスイーツは、可愛いペンギンの形をしたスイーツで、とても人気があるそうなんだけど、崩れてしまうことでも有名。

案の定原形を留めておらず、崩れていた。

その姿を見て残念がる佐藤様。私はネットで検索して本来の姿を見てびっくり。

廉斗さんは口に手を当て無言になっていた。

でも味は最高だった。

それから一週間が経った頃だった。

私の両親が、家に来た。

「体調が悪い時に申し訳ない」

急に来たので何かと思ったが、両親が元気そうで安心した。

お茶を出そうとすると母が止めた。

「体調悪いんだから何もしなくていいわよ。お母さんがお茶淹《い》れるわ。キッチン借りていい?」

「うん」

「これ、美味しいって評判のオレンジジュースだぞ。スッキリするから飲んでみなさい」

父がそう言って持っていた紙袋を私に差し出した。

中を覗くと、パウチされたオレンジジュースだった。

「そのまま飲んでもいいし、凍らせてもいいんだ」

「ありがとう」

でもこれを渡すためだけにここに来たのではないということは、なんとなくだがわかった。

母がお茶の入ったマグカップを三つ持ってきた。

「湯呑みがどこだかわからなくて……これでごめんなさいね」

「ああ、私が言わなかったから。ごめん」

三人でお茶を飲み、一段落すると父が急に姿勢を正した。

母も慌てて姿勢を正した。

「どうしたの？　そんな改まって」

すると父が急に頭を下げたのだ。

「お父さん？　どうしたの？」

「本当に今まで唯と凛には苦労をかけた。お父さんが不甲斐ないばかりに……」

「え？　もう何言ってるの。そんな過去のこともういいよ。まさか」

嫌な予感がした。

まさか新たな借金？

せっかく幸せになれて、もうすぐ赤ちゃんも産まれるっていうのに……。

だがそうではなかった。

「借金して逃げたと思っていたゆずおじさんが来たんだよ。家に」

お人好しの父が、家族ぐるみの付き合いをしていた親友の連帯保証人になったのだが、その人が夜逃げしていなくなり、その人の作った借金を私たち家族が返済していたのだ。

そのゆずおじさんが今頃お父さんに会いに来たというのだ。

「まさかまた借金とか」

「いやそうじゃないんだ。あいつはお父さんに謝り、借金を返してくれたんだ。と言っても全額ではないけどね。でも残りは毎月返済すると言ってくれたんだ」

「え？」

私は自分の耳を疑った。

「ゆずおじさんが？」

「ああ」

そう言って私に通帳を見せてくれた。全額返済までの道のりは長そうだけど、ゆずおじさんが父にちゃんと謝罪し、返済を約束してくれて安心した。

「唯と凛には本当に不自由をさせ、やりたかったことも夢も壊してしまって申し訳なかった」

「ううん、私はそんなこと思ってない」

「それで、二人にはそれぞれの通帳に、全額ではないけれど入れておいたから」

それは私たちが小さい時にそれぞれの名義で作った通帳で、母がずっと持っていたものだった。

「これはあなたに返すわね」

母が通帳とキャッシュカード、そして印鑑を差し出した。

通帳を受け取り開くと、かなりの金額が入っていた。

でもこんなにたくさん払ったっけ？　と思っていると、

「唯のほうにはプラス五百万上乗せしているから、廉斗さんに返しておいて」

「え？」

なんで？

母の言葉に頭がハテナだらけになった。

だって私は両親に何も言っていなかったからだ。

結婚の挨拶の時に、廉斗さんがお金のことは自分がうまく説明しておくと言っていたが、実際なんて言ったのか確認していなかった。

でも廉斗さんが、自分が肩代わりしたなんて言ったとは思えなかった。

「返済完了の通知が来たのよ。でもどう考えても唯が一括で残りの借金を返せるとは思えなくて……それに返済時期とあなたたちの結婚が同じ時期だったからピンと来たの。廉斗くんが助けてくれたんじゃないかって。それで本人に聞いたのよ」

え？　お父さんたちが廉斗さんに直接？

「廉斗さんはなんて？」

「廉斗くんはね、唯のことを心から愛しているから、あなたのために借金の肩代わりを申し出たって。借金がなくなることで唯の笑顔が見られるのなら自分はなんでもするって言ってくれたのよ」

そんなことを彼が言っていたなんて私は全く知らなかった。

「あなたのことをこんなにも思ってくれる人に巡り会えてお母さん、本当に嬉しかったし安心したの。……本当によい方と巡り会えたわね」

「うん」

私は力強く頷いた。

今思うと、私たちが借金を抱えていなければ、私はおそらく看護師を目指していなかったと思うし、廉斗さんと出会う事もなかった。

借金があったことを嬉しいとは思わないけど、もしかして私が廉斗さんと巡り会うために神様が仕組んだのかもしれないと思えた。

「お父さんも仕事がうまくいってな、もう一踏ん張りするつもりだ」

父の表情はとても明るかった。

母はというと、

「困ったことがあったらなんでも言って。赤ちゃんのことも協力するから」

久しぶりに父と母の笑顔を見たような気がした。

帰宅した廉斗さんに話をしたら、とても喜んでくれた。

肩代わりしたお金が返ってきたからではなく、借金をしていた人がお父さんを裏切らなかったということに対してだった。

そして返ってきた五百万はというと、生まれてくる子供のために使おうと二人で決めた。

少し時間がかかったが、長い長いつわり期間がようやく終わった頃。

リフレッシュを兼ねて、ドライブへ。

つわりで苦しかった頃いつも私のそばに寄り添ってくれたのは、トイプードルのナナだった。

そんなナナへのご褒美《ほうび》でもあった。

まずはナナの大好きなサービスエリアにあるドッグランへ向かった。

今まで私のつわりのせいで、きっと満足のいくお散歩ができなかったと思う。

そのせいかどうかはわからないが、ナナはとにかく楽しそうに走り回り、お得意の、私と遊んで〜と他の飼い主さんにアピールする姿は健在で。

犬同士で遊ぶというより人と遊んでいるようだった。

思いっきり遊んだ後は、そこの名物を食べ別のサービスエリアへ移動。

ナナは車の中で熟睡。

可愛い寝顔を見ているだけで癒される。

「疲れちゃったかな？」

「そりゃあ、あれだけ走ったら疲れるよ。それより体調は大丈夫？」

「大丈夫。この子たちもドライブを楽しんでいるみたいよ。よく蹴っているもの」

「双子が生まれたら賑やかになるだろうね」

私と、廉斗さん。

そして双子ちゃんとナナとのこれからの生活を想像すると、頬が緩んでしまう。

育児は大変かもだけど、早くこの子たちと対面したいな。

廉斗さんは外科医として忙しいけど、休みが取れたらこうやってみんなでお出かけしたい。

そんなことを思っていると、次のサービスエリアについた。

そんなに大きなドッグランではないけれど、車の中で体力を充電したからなのか、ここでもナナは元気に走り回っていた。

「体調はいい？」

「はい」

いつも気にかけてくれる廉斗さんに、笑顔で返す。

「これから行きたいところがあるんだけど、ちょっと遠いんだよね」

「私は大丈夫だけど、ナナは大丈夫かな？」

ナナを見ると、楽しそうに駆け回っている。

「あの感じだとまた車の中で爆睡するだろうから大丈夫だろ。この先でもいくつか休憩できるからいいかな？」

「はい」

廉斗さんとお出かけできるだけで嬉しい。

でもどこへ行くんだろう。

廉斗さんに尋ねても「秘密」と言って教えてくれなかった。

ナナを思いっきり遊ばせ車に乗せると、案の定すぐに眠ってしまった。

私の体調を気遣いながら目的地へと車を走らせる。

二時間ほど高速道路を走り、その後一般道へ。

景色は街から緑溢れる自然へと変わる。

そしてどんどん山のほうへ向かって行った。

車の窓を少し開けると、清々しい自然の香りが入ってきた。

するとずっと眠っていたナナが目を覚ました。

「ナナ、おいで」

ナナは私の膝の上にちょこんと座り、鼻をクンクンさせた。

「ナナ、マイナスイオンだよ～。気持ちいいね」

と一緒に景色と風を楽しんでいると廉斗さんが、

「もうすぐ着くから」

と言って、ウインカーを右に出した。

しばらく走ると、大きな看板があり、車は駐車場へ。

「着いたよ」

エンジンを切り、廉斗さんはシートベルトを外した。

私も急いでシートベルトを外し、ナナをペット用のキャリーバッグに入れた。

廉斗さんが後部座席のドアを開け、キャリーバッグを肩にかけた。

私は反対のドアを開け、車を降りた。

「ここは？」

「ペットも泊まれるホテルだよ」

「え？」

出かける時に泊まりだとは聞いていなかった私は驚いた。

「私何も用意していないけど……」

しっかり用意できていたのはナナのお出かけグッズぐらいだ。

「大丈夫だよ。街に戻ればショッピングモールもあるし、なんとでもなる。それよりも君を驚かせたかったんだ。今まで泊まりの旅行とかできなかっただろ?」

確かに私たちが結婚してから一緒に遠出をしたことは、前回ナナをドッグランに連れてった時ぐらいだ。

「うん」

「子供が生まれたら二人きりでお出かけもできなくなるだろうし……」

確かにあと数ヶ月で家族が一気に増える。

恋愛期間がないまま結婚し、それから好きになって……といろんな面で順番がぐちゃぐちゃだった私たち。

一緒に生活するのと、旅行とでは新鮮味が違う。

「ありがとう。なんかいつもしてもらうばかりで私は何も」

「何を言ってるんだ。今こうして一緒にいられるだけで俺は十分幸せだよ」

そう言って手を差し出した。

私は彼の手を取り、手を繋いでホテルへと向かった。

チェックインを済ませ、部屋へ向かったのだが……。

ペットも泊まれるホテルだけあり、売店にはドッグフードをはじめ、リードや首輪、おもちゃにおやつなどが多く取り揃えられていた。

その他にもドッグランもあり、預かりもしてくれるのだそうだ。

今回私たちが泊まる部屋はというと、広いリビングに露天風呂付き。

ベッドルームとワンコが遊べる広いお庭付き。

ペット用ケージにペット用トイレ、などなど人間もさることながら、ワンコが快適に過ごせるような工夫がたくさんあった。

もちろん、床に関してもワンコの負担にならないように考えられた床材を使用と徹底している。

食事もお部屋食で、ペットのご飯も用意してくれるという至れり尽くせりなホテルだった。

ナナは最初緊張しているようだったが、しばらくすると慣れてきたのかくつろいでいた。

窓から見える景色も最高。

近くに湖が見えた。時間があったら行ってみたいな……。

そんなことを思っていたら、部屋のチャイムが鳴った。

廉斗さんがドアを開けるとポロシャツにジーンズ姿の女性スタッフが入ってきた。

「こんにちは、本日担当いたします柏木《かしわぎ》です」

担当？

意味がわからず廉斗さんを見ると、

「ごめん。言ってなかったね。ちょっと行きたいところがあるんだけど、ペットは入れないから、その間ナナを預かってもらうようお願いしていたんだ」

確かに出かける場所によっては、ペット禁止のところはたくさんある。

「預かると言っても、ケージの中ではなく、室内のドッグランでいろんな遊びをするんです」

細かい説明を聞いた後、柏木さんがナナを呼んだ。

すると、ナナが尻尾を振って柏木さんに近づいた。

「ナナちゃんお利口さんだね。じゃあお姉ちゃんと一緒に行く？」

柏木さんがひざまずいてナナに話しかけると、抱っこしてもらう気満々で二足歩行でぴょんぴょんしている。

預かり時間は三時間。

夕食の前までという約束だった。

柏木さんがナナを連れて部屋を出ると廉斗さんが、

「じゃあ、行こうか」

と言って車のキーを取った。

きっと、さっき話していたショッピングモールで買い物をするのだろうと思ったのだが、そうではなかった。

方角的には、部屋から見えた湖？

でもそれを廉斗さんに聞いたところで秘密とはぐらかされると思った私は、聞けないまま景色を眺めていた。

しばらく景色を堪能《たんのう》していると湖が見えてきた。

思ったよりも大きく、そしてとにかく最高に綺麗だった。

観光客で賑わっている感じでもなく、隠れパワースポットのような神秘的な雰囲気があった。

車で走っていると、白い建物が見えてきた。

何もないところにあるので逆にすごく目立っていた。

すると車はその建物のある方へと向かって行く。

あの建物は何?

そう思っていると建物の全貌が見えてきた。

白い建物はチャペルだった。車三台分ぐらいの小さな駐車場に車を停める。

車を降りて、廉斗さんがチャペルの扉を開けた。

最初に目に入ったのはなんと湖だった。

奥がガラス張りになって、湖が一望できる。

「すごく綺麗」

「気に入った?」

「え? 気に入ったって……」

気に入るというより、なぜここに? という気持ちの方が大きかった。

誰もいないチャペルに廉斗さんと私の二人きり。

「急にこんなところに連れてきて驚いたよね」

「うん」

「俺たちってゼロというか、マイナスからのスタートだっただろう? 新婚旅行もできなかったし、唯もつわりで大変だったし……」

今思い出すと、本当にドラマのような日常だった。

借金返済のため全てを封印し、完済したら恋愛したり、好きなことを楽しみたい。

そんなことを思いながら生きていた時に、私に対してだけ厳しい外科医から突然、借金を肩代わりする代わりに結婚してほしいと言われた。

恋愛感情なんて全くなかったけど、結婚すれば借金がなくなり、妹の夢も叶うかもしれないと思いそれを受け入れた私。

でも結婚当初は、仕事の延長みたいで息が詰まるかと不安があった。

だけど、先生は私が思っていたよりもずっとずっといい人で、次第に好きになっていることに気づいた。

でも先生には好きな人がいると聞いてたから、これ以上好きになってはいけないと自分にブレーキをかけていた。

だけど、諦めようと思えば思うほど彼を好きになり、思いを隠しきれず、一線を越えてしまった。

夫婦ならそんなこと当たり前かもしれないが、恋愛感情のない私たちにはとても勇気のいることだった。

一度愛された私の思いはどんどん加速し、このままだと本当に別れが辛くなると思っていたら妊娠が発覚。

産みたい気持ちと、産んだら迷惑をかけるのではと、不安な毎日だった。

でも先生の好きだった人というのが私だと知り、やっと本当の夫婦になれた。

今だからドラマチックといえるけど、本当にあの時は、恋って辛いって思った。

「だから、ちゃんと結婚式を挙げたいってずっと思っていたんだ」

「廉斗さん？」

怒涛《どとう》の日々を送っていた私は、結婚式を挙げていなかったことも忘れていた。

その時だった。

「いらっしゃいませ。予約されていた宇喜田様でしょうか？」

「はい」

「お待ちしておりました。今回担当させていただきます秋山《あきやま》と申します」

きょとんとしている私をよそに秋山さんが話を続ける。

「これからの予定ですが、それぞれ控え室でお着替えをしていただき、こちらのチャペルで挙式となります」

私と先生はそれぞれの控え室に案内された。

そこにはドレスが用意されていた。

控えていた女性スタッフが、私の体調を確認した。

その後、ヘアメイクに着替えという手順だそうだが、何も知らなかった私はされるがままだった。

私が妊婦だということに配慮し、ドレスもマタニティウェディングドレスが用意されていた。

お腹の膨《ふく》らみが極力目立たないように作られたAラインのドレス。

お腹の締め付け感もなく、妊婦であることもわからない綺麗なシルエット。

正直、ウェディングドレスは諦めていた。

というより、先生と一緒にいられるだけで幸せで、結婚式をするしないのこだわりがなかった。

だけど、こんなサプライズをしてくれたことに驚きと嬉しさが込み上げてくる。

「とてもお似合いですよ」

「ありがとうございます」

私の支度が整ったと係の人が連絡を入れると、早速チャペルへ移動。

二人だけの挙式で、私が妊婦ということもあり新婦の入場は省き、私は彼に手を取られ祭壇前に立った。

「綺麗だ」

囁くような彼の声にドキッとする。

「ずるいですよ。こんなサプライズ」

「喜んでくれたなら嬉しいよ。俺が用意できたのは、このぐらいだから」

これぐらいというレベルではない。

ドレスまで用意してくれて。

「もう、なんか胸がいっぱいで」

「元々ここは俺の知り合いの結婚式場のチャペルでね。特別に借りたんだ」

「ありがとうございます」

すると神父さんが現れた。

その神父さんというのが、先生のお知り合いだった。

「簡単な感じで頼むよ」

そう先生がいうと、神父さんは小さく頷いた。

誓いの言葉を神父が問いかけ、互いに誓いますと返答。

「それでは指輪の交換を」

神父さんが言った。

だが、よくよく考えたら私たちは結婚指輪もしていない。

すると指輪が用意されていたのだ。

「手を出して」

彼が小声で囁く。

慌ててグローブを外し、左手を差し出すと、薬指に指輪がはめられた。

交代するように私も用意された指輪を彼の左の薬指にはめた。

緊張で、ぎこちない動きの私を彼は黙って見ていた。

指輪の交換が終わると、誓いのキスを交わした。

すると、神父さんは一礼して退席した。

見渡すと、チャペルには私と廉斗さんの二人きり。

「どうだった？」

「嬉しいのと、緊張で、よく覚えてなくて」

そう答えると廉斗さんがクスッと笑った。

だがすぐに真剣な眼差しを向けられた。

「こんなにも誰かを愛おしく思ったのは唯、君が初めてだ。この先の人生もその気持ちは絶対に揺るがない。改めて言うよ。絶対に君を幸せにする」

まっすぐ私を見つめる彼の目に嘘はなかった。

ちょっと遠回りしちゃったけど、廉斗さんを好きになれた自分に偉いと言いたい。

だってこんな素敵な人、世界中どこを探したって絶対にいないってわかるから。

「私も言わせて。あなたがこんな素敵な人だなんて最初は全然思ってなかった。でもね、一緒に暮らしていたら、どんどん好きになって歯止めが利かなくなるほど好きになって。だからこんなに好きになる人はこの先も廉斗さん以外絶対いないから」

「本当に？」

「決まってるじゃない。本気で誰かを好きになったのはあなたが初めてだから……」

「じゃあ、俺にその証拠を見せてよ」

「証拠？」

廉斗さんが自分の唇に人差し指を当てた。

「手っ取り早い愛情表現って言ったらこれでしょ？」

それってキスだよね。

「で、でもそれはさっきしたんじゃ」

「あんなのは単なる挨拶」

私の腰に手を回したかと思ったらぐいっと引き寄せた。

「こうやって君を一生離さないから覚悟しろよ」

返事をする前に唇が重なった。
明らかに結婚式の誓いのキスよりも長いキス。
とろけるような甘いキスをしながら、初めてクラブで会った時の彼を思い出す。
あの時、私があの場にいなければ、今こうして彼の妻になっていただろうか。
きっと凛が、私は妹よと言って、それで終わっていたに違いない。
私たちがこうなることは運命だったのかもしれない。
だけど神様は意地悪だ。出会いから何もかもが順番ぐちゃぐちゃ。
でもそれがあったから、今があるのかな。
唇が離れると、私は彼の左手を取り、薬指にちゅっとキスを落とした。
「唯?」
驚く廉斗さんを上目遣いで見上げた。
「この指輪が一生離れないようにおまじないをしたの」

END

あとがき

こんにちは。望月沙菜です。

このたびは『極甘一途なかりそめ婚～私にだけ塩対応の天才外科医が熱愛旦那様になりました～』をお手に取っていただいた皆様、本当にありがとうございます。

大変嬉しく思っております。

さて今回のお話、お楽しみいただけましたでしょうか。

私ごとですが、執筆開始の二ヶ月前ぐらいから体調を崩してしまい、ずっと通院していました。検査検査で、メンタルもかなりきつかったんですが、診察中や待ち時間など病院にいる間は、私の担当医や看護師さんをウォッチングして作品の参考にさせていただきました。ちなみに検査の結果は経過観察ということで一安心です。

ですが、薬の副作用なのか、なかなか執筆に向き合う気力が湧かなくて、普段にまして遅筆で、本当にこの作品が完成するのかさえも不安でした。

なので本当に発売されたことに感謝しかありません。やっぱり健康が一番です。今までできたことができなくなる辛さを私自身が体験しております。

さて今回の作品に登場している先生の愛犬のナナですが、この子は私の愛犬なんです。現在一歳八ヶ月の女の子のトイプードル。性格や仕草も作品に出てくるナナと全く同じです。ドッグランで知らない人に愛想を振り撒くところもまんまです。

他にも八歳のデカピンがいるんですけどね。

我が家は二階がリビングで一階に私の仕事部屋があります。

本当はここで没頭して書きたいのですが、寂しがり屋のワンズが、

「ちょっと！　置いてかないでよ。あたちも連れてってよ！」

と訴えるので、仕事中も必ずそばにいます。

でも、この子たちがそばにいてくれるのは本当に心強いというか、癒されます。

そんなこんなでできた作品ですが、決して一人ではできませんでした。

長年私を担当してくださっている担当さん、編集部のみなさま。私の作品をより素晴らしい作品にするために頑張ってくださっている校閲さん。みなさまのおかげでこのお話が生まれました。この場を借りてお礼申し上げます。

そしてこの作品のイラストを担当してくださった幸村佳苗先生。

素敵なイラスト本当にありがとうございました。

marmalade bunko
マーマレード文庫

極甘一途なかりそめ婚
～私にだけ塩対応の天才外科医が熱愛旦那様になりました～

2024年7月15日　第1刷発行　定価はカバーに表示してあります

著者　望月沙菜 ©SANA MOCHIZUKI 2024
発行人　鈴木幸辰
発行所　株式会社ハーパーコリンズ・ジャパン
東京都千代田区大手町1-5-1
電話　04-2951-2000（注文）
0570-008091（読者サービス係）
印刷・製本　中央精版印刷株式会社

Printed in Japan ©K.K. HarperCollins Japan 2024
ISBN-978-4-596-96126-6

乱丁・落丁の本が万一ございましたら、購入された書店名を明記のうえ、小社読者サービス係宛にお送りください。送料小社負担にてお取り替えいたします。但し、古書店で購入したものについてはお取り替えできません。なお、文書、デザイン等も含めた本書の一部あるいは全部を無断で複写複製することは禁じられています。
※この作品はフィクションであり、実在の人物・団体・事件等とは関係ありません。

m a r m a l a d e b u n k o